中公文庫

手習重兵衛

祝い酒

鈴木英治

中央公論新社

目次

第一章 7
第二章 89
第三章 170
第四章 256
解説 細谷正充 325

手習重兵衛　祝い酒

第一章

一

涙がにじむ。

悲しいからではない。十畳の座敷におびただしい線香が焚《た》かれており、それが目にしみるのである。

興津《おきつ》輔之進《すけのしん》は身じろぎし、濃い霧がかかったように煙る座敷内を見渡した。座敷は、喪服を身につけた一杯の人で埋まっており、そのなかには吉乃《よしの》もいる。

妻は畳に額をこすりつけ、すすり泣きを漏《も》らしている。吉乃の侍女のお以知《いち》も嗚咽《おえつ》し、肩を激しく上下させていた。さざ波のように座敷を流れてゆく悲鳴に似たいくつもの声を放つのは、興津一族の女たちだ。誰もが声を押し殺している。このあたりは町人の葬儀とはちがう。町人の女たちは、誰はばかることなく、大仰とすら思える声をあげて泣く。

上座に鎮座する棺桶《かんおけ》のそばでしゃくりあげているのは、重兵衛《じゅうべえ》の許嫁《いいなずけ》であるおそのである。その横で、重兵衛の母のお牧《まき》が体をかたくし、じっとうつむいている。背中が小刻みに震えていた。

心中で息をついた輔之進は棺桶に目を当て、それから再び座敷を見やった。座敷には、むろん男たちも姿を見せている。目付頭の津田景十郎《つだけいじゅうろう》もいるし、輔之進のすぐ上の兄である松山彦之進《まつやまひこのしん》もいる。

興津一族の男たちも、ずらりと顔をそろえている。沈痛な顔で座りこんでいる者もいれば、目を閉じて考え事をしている者もいる。眉根を寄せて、なにかに耐えるような表情の者もいた。年端のいかぬ男の子や女の子たちも、黙って行儀よく座っている。

「輔之進どの」

低い声を発し、にじり寄ってきたのは、興津一族の一人で、樽丘佐右衛門《たるおかさえもん》という男である。歳は三十を超えたばかりだが、額に一筋の深い横じわがあるために、もう少し上に見える。

「重兵衛どのの顔は見せてもらえぬのか。従兄《いとこ》として別れを告げたいのだが」

近くにいるほかの者もそうだというように、顔を上下させた。

「申し訳ありませぬ」

輔之進はこうべを垂れた。

「あまりにひどいありさまで、顔はお見せしないほうが仏のためのみならず、皆さまのためであろうということになりまして。お気を悪くなさるかもしれませぬが、どうか、対面の儀はご容赦ください」

すでに棺桶は蓋《ふた》をされ、縄でぐるぐるに巻かれている。

「さようか。ならば、仕方あるまい」

佐右衛門は腕組みをしたが、すぐに解き、顔を寄せてきた。

「重兵衛どのが鉄砲でやられたというのは、まことなのか」

ささやくような声でいって、景十郎を気にしたような視線をちらりと流す。ほかの者たちも聞き耳を立てる。

「はい、まことにございます」

「顔をやられたのか」

輔之進は自らの額に手を当てた。

「いえ、ここを」

額のしわをひときわ深くさせ、佐右衛門がうめく。

「そ、それは、さぞひどかろうな」

佐右衛門の脳裏には骨が砕け、脳味噌《のうみそ》が飛び散った光景が映しだされているようだ。輔之進は黙って首肯した。

「即死だったのか」

「いえ、頭をやられたとはいえ、そこはさすがに義兄上《あにうえ》で、三日のあいだ、医者の手当を受けてがんばりなされました」

「そうか。重兵衛どのらしい。いつもなんにでも一所懸命だったものな」

佐右衛門がしんみりという。思いついたように顔をあげた。

「いったい誰にやられたのだ」

佐右衛門から視線をはずし、輔之進は景十郎に目を向けた。

「それはわかりませぬ。今、お頭に調べていただいている最中にございます」

「そうか、誰がやったのか、わかっておらぬのか」

佐右衛門がいかにも悔しげに歯嚙《はが》みする。輔之進は瞳に力をみなぎらせた。

「しかし、必ず捜しだしてご覧に入れます」

ぎくりとして佐右衛門が身を引く。

「わ、わしをそのような目で見んでくれ。――輔之進どの、そなた、自ら捜すつもりなのだな」

「それがしは、目付を拝命しておりますゆえ。葬儀が終わり次第、取りかかるつもりでおります。だが、これはお役目ではありませぬ。どのような手立てを取ろうとも、義兄上の仇を討つつもりにございます」

「うむ、それは武家として当然のことではあるな。輔之進どの。わしも力を貸すゆえ、わしにできることがあれば、なんでもいってくれ」

「ありがとうございます」

輔之進は深々と頭を下げた。うむ、話をきけてありがたかった、と佐右衛門がもとの場所に退いた。唇を嚙み締め、気の毒そうな視線をおそのやお牧に投げている。

あらためて目をあげた輔之進は、このなかで誰か知らぬ者はおらぬか、と目を鋭くした。だが、この座敷に顔を出しているのは、見知った者ばかりである。葬儀の様子を探りに来ているような者は、一人も見当たらない。

ふむ、そううまくはいかぬか。

内心で舌打ちして輔之進が軽く首を振ったとき、興津家の家士に案内されて菩提寺である願教寺《がんきょうじ》から僧侶の秀恒《しゅうこう》がやってきた。輔之進が名を知らない若い僧侶も一緒である。皆に向かって一礼した二人は、棺桶の前に静かに座った。静寂が座敷を支配したが、やがてそのしじまを破って、読経がはじまった。低いが、力強さも合わせ持つ旋律が木魚の音とともに座敷を漂い流れてゆく。

いったん静まっていた女たちのすすり泣く声が、再び輔之進の耳を打ちはじめた。

雨が降りだしていた。そぼ降る雨である。傘が要《い》るほどではなく、白い喪服が霧をまとうように湿りけを帯びてゆく。喪服がぴったりと体にまとわりつく。

願教寺の山門をくぐった行列は、さほど広くない墓地の奥でとまった。すでに、穴はうがたれている。

その穴に、静かに棺桶がおさめられた。数珠を握り合わせた秀恒の口からつぶやき漏れる経が、少しだけ強くなった雨を縫うように境内を伝う。蓋に雨のしずくがたまった棺桶に次々に土がかけられ、同時に女たちの泣き声が高くなった。土は徐々に厚みを増してゆき、棺桶はゆっくりと土中に消えていった。

それからしばらくのあいだ読経は続いたが、雨があがるのを合図にしたように終わった。

輔之進はさりげなさを装いつつも、あたりを注意深く見渡した。寺までやってきた者のなかにも、知らない顔はない。誰もがこの城下で暮らしている。

輔之進は、十間ほど向こうに建つ塀のほうへ目を投げた。なんとなく視線を感じたからである。だが、そちらに人がいるような気配はない。

輔之進は、勘ちがいだとは思わなかった。誰かが確実にいてこちらを見つめていた。重兵衛が本当に死んだのか、気にしている者がいるのは、まちがいないのだ。

今から調べたところで、意味はない。何者かはとうにその場をあとにしている。


葬儀を終え、輔之進たちは興津屋敷に向かった。その頃には日暮れを迎え、道行きには提灯《ちょうちん》が必要だった。風が出てきたせいもあるのか、雲は薄くなりつつあり、切れ間から星の瞬きがのぞいている。再び降りだしていた雨はやもうとしていた。月はどこにも見えなかったが、この分なら、いずれ姿をあらわすのはまちがいなさそうだ。

晴れつつある空を見あげ、輔之進はわずかに顔をゆがめた。今宵が満月ではないのはわかってはいるが、これからのことを考えると、あまり明るくなってほしくはない。

興津屋敷に戻った。座敷には精進落としの料理が用意してあったが、輔之進は腹が空いておらず、漬物だけを口にした。重兵衛の一族の者たちは酒を飲みはじめたが、輔之進にその気はなかった。

景十郎も六人の配下とともに来ていたが、料理に箸はつけず、むろん杯を手に取るようなことはなかった。

景十郎と目が合った。景十郎がうなずいてみせる。輔之進は深いうなずきを返した。

雨はとっくにあがっているが、月はどこにも見えない。

こちらの祈りが通じたのか、夜の深まりとともに、雲がびっしりと空を覆っている。星の光も、雲にかき消されている。厚い雲は雨を運んできたわけではなく、降りだす気配はまったくない。風は死んでいるものの、昼間の湿気は取り払われ、蚊の襲来さえなければ大気は気持ちよいくらいだろう。だが、蚊を叩き殺すわけにはいかず、輔之進はひたすら我慢し続けている。

秋はまだだいぶ先に思えるが、実際には次の季節はそう遠くないことを告げる虫たちが、代わる代わる、か細い声で鳴いている。

それにしても、と輔之進は思った。この闇の深さはありがたい。がっちりと閉じられた山門脇の茂みに身をひそめているが、これならばまず見咎《みとが》められることはあるまい。この場所は勘でなんとなく選んだにすぎないが、きっとよい結果をもたらしてくれるにちがいなかった。願教寺は、闇にどっぷりと浸っており、顔を動かして庫裏《くり》のほうを見透かしても、明かり一つ見えない。住職たちはとうに眠りについているのだ。まさか境内のこんな場所に忍んでいる者がいるなど、思いもしないだろう。

もう九つに近いのだ。こんな深夜に目をぎらつかせ、山門の陰にうずくまっているほうがどうかしているのである。

そんなことを考えているうちに、九つを告げる鐘の音が響いてきた。高島《たかしま》城下の時の鐘である。時の鐘のある寺はここからさほど離れているわけではないが、輔之進の耳にはなぜか遠くきこえた。雲が音を吸いこんでしまうからだろうか。

鐘の余韻が夜空に包みこまれてゆく。輔之進はふと目をあげた。

鐘が終わるのを待っていたかのように、墓地のほうで何者かがうごめくような気配を感じたのである。塀を乗り越え、境内に忍びこもうとしている者がいる。

一人か。どうやらそのようだ。この寺に単身で乗りこんできたのだ。いい度胸をしている。自分なら、一人で深夜の墓地に足を踏み入れるなど、勘弁してもらいたい。

すぐにでも動きたい気持ちを抑えこみ、長脇差《ながわきざし》の鯉口《こいぐち》を切っただけで、輔之進はその場にじっとしていた。墓地のほうは、景十郎たちにまかせてある。すでに、景十郎たちは何者かの気配に気づいているだろう。

景十郎たちが捕らえることができれば、それ以上のことはないのだ。

――来た。

待った甲斐があったというものだ。景十郎は顔をあげかけて、とどまった。塀を乗り越えてきた者に、こちらが気づいたことを覚られてはならない。

何者かはゆっくりと墓地に近づいてきている。景十郎には、それが一人に感じられた。その者は、これが罠《わな》かもしれぬことは十分に承知しているだろう。その危険を冒して、ここまでやってきたのだ。引き絞られた弓の弦のように神経は張り詰め、少しでも異変を感じれば、すぐさまきびすを返して逃げだすにちがいない。

できるだけおびき寄せなければならない。できれば、こちらの思惑通り、墓を暴いてほしい。もっとも、近づきつつある何者かはそのつもりでここまでやってきたはずだ。

重兵衛を撃った者が、自身でやってきたのか。それとも、頼まれて墓を暴きに来た者か。とにかく捕らえなければならぬ。逃がすわけにはいかぬ。捕らえ、どうして重兵衛を狙《ねら》ったのか、吐かせなければならぬ。

気配はそろそろと近づいてくる。じき、影が見えるのではあるまいか。そのまま来い、と景十郎は念じた。配下たちには、動くな、と命じたかった。こちらの気配を気取られてはならぬ。

だがその必要はなかろう、と景十郎は自らにいいきかせた。配下たちは、こういうときにどうすればよいか、しっかりと心に刻みつけている練達の者ばかりなのだ。

不意に、小さな影が、林立する卒塔婆《そとば》の向こう側に見えた。景十郎の視野に入りこんできたのは、頭のようだ。何者かは、墓地のなかを這《は》うように少しずつ動いているのである。景十郎はじっと見守った。目がぎらつかないように注意する。人の目というのは、本当にきらりと光を帯びることがあるのだ。

影が、今日の夕刻、重兵衛の棺桶が埋められた場所で動きをとめた。真新しい卒塔婆はうっすらと白さを帯びているから、この闇のなかでも見まちがえようがない。すぐに穴を掘る音が、景十郎の耳を打ちはじめた。何者かは、鋤《すき》を用意していたらしい。

しばらくすると、鋤が板を打ち、何者かが鋤をかたわらに置いたのが気配から知れた。手で、棺桶の蓋の上の土をどけはじめる。その音がやむと、棺桶をぐるぐる巻きにしていた縄が刃物で断ちきられ、蓋があけられた。火打ち石の音が響き、手早く龕灯《がんどう》らしい明かりが灯される。にじみだすような明るさが、卒塔婆の真下に見えている。何者かは、その明かりを頼りに、棺桶のなかの死骸をじっとのぞきこんでいるのだろう。

死骸は入念に死に化粧をされているから、すぐには重兵衛でないのは知れはしないだろうが、もはやここまでだ。これ以上は、いくらなんでも待てない。

「かかれっ」

景十郎は命を発した。おう、と闇を引き裂いて、いくつもの声が返ってきた。影の近くにひそんでいた二人の配下が影めがけて飛びこんでゆく。二人は、刃引きの長脇差を闇にきらめかせている。卒塔婆の向こう側の明かりが吹き消されたようで、影は景十郎から一瞬で見えなくなった。

だが、突進してゆく二人の配下の目には、はっきりと映っているようだ。景十郎も含め、目付たちは全員、夜目が利く。

配下の一人が影を間合に入れたらしく、長脇差を振りおろしてゆく。容赦ない打撃を与えようとしていた。刃引きだから、斬ることはできないが、刀身が肩にでも当たれば、痛みが脳天まで突き抜け、身動きできなくなるのは疑いようがない。

だが、影はあっさりと長脇差を逃れたようで、景十郎の目には、二人目の配下が繰りだした長脇差もかわしたのが見えた。

影は忍びのような身なりをしている。すっぽりと顔を頭巾《ずきん》で包み、全身は身動きの取りやすい格好になっている。腰に長刀を一本、差していた。

影は、塀に向かって闇を駆けてゆく。すかさず残りの四人の配下が、影の前途をさえぎった。それを見た影がすばやく方向を変え、庫裏のほうに走りだした。四人が追いすがる。そのときには景十郎も駆けはじめている。庫裏の先には山門がある。影はそこを目指しているのではあるまいか。

景十郎との距離は十間近くある。それでも影の男がかなり遣えそうなのが見て取れる。景十郎の脳裏に、重兵衛と輔之進がやり合ったという遣い手のことが思い浮かんだ。だが、走るのは剣ほど得手ではないようで、影の足はさして速くない。配下の一人が今にも追いつきそうだ。

その配下は影を間合に入れたようで、長脇差を背中に向かって振るおうとした。だが、それを察したらしい影が振り向き、刀を抜いた。配下の長脇差をよけるや、刀を胴に振っていった。

殺《や》られる、と景十郎は思ったが、配下はぎりぎりでかわした。ほっとする間もなく、別の配下が突っこんでゆく。体の向きをそちらに変えた影が、袈裟懸《けさが》けに刀を振るった。闇のなか、ほとんど斬撃《ざんげき》は見えていないだろうが、かろうじて配下は避けてみせた。

安堵《あんど》が胸をよぎる。目付という職を拝命している以上、死の危険は常にあり、配下の誰もが覚悟は決めているのだろうが、やはり死なせたくはない。

足音を立てることなく庫裏の横を通りすぎた影は、山門に走り寄ってゆく。山門はむろん閂《かんぬき》でがっちりと閉じられているが、両側の塀がほかよりわずかに低くなっている。影はそこを乗り越えようとしているのではないか。

だが、山門脇には輔之進がいる。影がいくら遣い手だといっても、輔之進なら逃走を必ず阻止できよう。景十郎はかたく信じた。

山門の脇に輔之進がひそみたいと申し出てきたときは、どうしてこんな場所を選ぶのか、不思議に思ったものだが、やはり剣の達人というのは、どこか常人にはない勘が身についているものなのだろう。

影が塀まであと三間ほどに迫ったとき、山門脇の茂みから、ふっと一人の男が立ちあがった。すでに長脇差を抜いている。影が驚き、立ちどまりかけたが、輔之進であると知ったか、またも方向を変えた。

逃がすか、といわんばかりに輔之進が地を蹴る。燃えるような闘志がこちらにも伝わってくるような動き方だ。満を持していたのだろう。輔之進は足が速い。あっという間に影との距離は縮まり、もはや二間もない。

捕らえられる、と景十郎は確信した。


二間から一間半、一間と確実に縮まってゆく。あと瞬き三度ばかりの時間で、男の背中が間合に入る。駆けつつも輔之進は、長脇差を振りおろせる姿勢を取った。

間合に入った。輔之進は長脇差を袈裟懸けに振るった。だが、長脇差は空を切った。背後から長脇差が振りおろされることを勘で知ったらしい男が、さっと横によけてみせたからだ。

今度はしくじらぬ。もう一度、輔之進は長脇差を振りおろした。そのとき輔之進の鼻は、なにかが燃えているようなきな臭さを感じ取った。このにおいは何度か嗅《か》いだことがある。

今度も長脇差はかわされた。かわしながら、男が体の向きを変えて足をとめ、輔之進と正対した。男の右手に、なにかが握られているのを輔之進は見た。蛍の明かりのようなものが、ぼんやりと男のへそ近くに見えている。

――まずい。輔之進の背中に冷や汗が流れると同時に、かちりという音がし、続いて、どん、と腹に響く轟音が発せられた。

輔之進は体をひらきつつ横に飛んだ。左腕を熱いものがかすめてゆく。玉は当たらなかった。地面に横たわったものの、素早く起きあがりつつ、これは奇跡ではない、と輔之進は思った。鉄砲は火薬の爆発で玉が飛びだす仕組みになっているが、引金が引かれてから筒先から玉が飛びだすまでに、わずかな間が空くのである。

輔之進は、家中の鉄砲衆の実演訓練を何度か見たことがあり、そのことが今回は役立った。火縄のきな臭さも、そのときに嗅いだのである。

だが、輔之進が地面に横たわったその隙に、男は塀を乗り越えてしまっていた。決して逃がさぬ。決意を新たにした輔之進も塀を越え、道に飛び降りた。男の影は路上には見えないが、濃厚な人の気配が左側からしている。火縄のかすかなにおいも漂っている。男は城下のほうに逃げていこうとしていた。輔之進は左手に向かって駆けはじめた。

男の手に握られていた鉄砲は、筒がずいぶんと短かった。初めて目にしたが、あれが短筒というものだな、と輔之進は解した。

奇跡でないにしろ、よく鉄砲の玉をかわせたものだ、とあらためて思った。いま城下に向かって逃げてゆく男は、重兵衛を鉄砲で狙い撃ちした男ではないか。鉄砲に関しては、相当の腕の持ち主といってよい。一間もない距離で、短筒とはいえ、輔之進という標的をはずしたことのほうが奇跡ではないか。

男の気配はだいぶ近づいてきている。やはり足は速くない。この分なら、あと三町も走れば、追いつけよう。その頃には城下に入ってしまうが、武家も町人も寝静まっているはずだ。深夜の捕物に障りが出ることは、まずない。気になるのは短筒だが、あんなものを怖がっていては、目付はつとまらない。短筒を持っているのを知っただけでも収穫である。先ほどとは異なり、今度は不意に撃たれることはないのだ。長脇差で玉を弾き返してやる。

男が半町ほど先の角を曲がったのが、気配と足音から知れた。さほど広くない道だが、その先は城にまっすぐ続いている。輔之進も角を曲がり、脇道に入った。

そのとき、またも火縄のにおいを嗅いだ。しかも、においは濃厚にあたりに漂っている。

どこからか、やつが狙いを定めているのか。

道脇に立つ松の大木の枝のあいだに、火縄の明かりが見えた。距離は三間もない。輔之進はさっと道に伏せるや、転がって用水桶の陰に隠れた。そっと顔をのぞかせ、松の木を見つめる。だが、いつまでたっても鉄砲の音は轟《とどろ》かない。輔之進は、松の木の背後に人の気配がないことに気づいた。

くそっ、やられた。毒づいて、松の木に近づいてゆく。枝が二またになっているところに、火のついた火縄がねじこまれていた。

輔之進は、手にした火縄を地面に押しつけて火を消した。顔がゆがんでいる。男の気配は、今やどこを探してもなかった。

地団駄を踏みたかったが、そんなことをしても意味はない。立ちすくんだまま、じっと目の前の闇を見つめていた。

風が頬《ほお》をなぶってゆく。気づくと、いつしか涼しい風が吹きはじめていた。左腕がずいぶんと冷え冷えと感じられ、不思議に思って見てみると、袖が刃物に断たれたかのように、すっぱりと切れていた。

――これは。

幸いにも腕には傷一つなかったが、輔之進は、鉄砲の威力をまざまざと思い知らされた気分だった。

二

城にまっすぐ続く道を左に折れ、さらにもう一度、左へ曲がった。これで、今度は城から遠ざかることになる。

吉良吉《きらきち》は追っ手の気配が消えたことを知り、ほっと胸をなでおろした。松の枝に嚙ませた火縄が効いたのだろう。

興津輔之進は恐ろしかった。最後まで追ってきたのは、天才の名をほしいままにしているあの男だった。

はっはっと息を弾ませながら、吉良吉は懐に触れた。ずしりとした重みがある。今宵、隠れ家を出るときに、思いついて短筒を懐にしまい入れたのが功を奏した。

もしこの短筒がなかったら、逃げ切れなかった。走るのはもともと得手ではなく、この短筒を放つ用意をしながら、というのはさらに足を遅くしたが、それでも用意しておいた甲斐があったというものだ。

そうか、もう走ることはないのだ。気づいて吉良吉は足をゆるめ、まっ暗な道を歩きはじめた。黒装束のままだが、誰かに見咎められるようなことはあるまい。高島城下は闇に沈み、この町に暮らす誰もが眠りの船に乗っている。当分、下船することはあるまい。見咎められたとしても、相手が興津輔之進でない限り、なんということはない。

それにしても、と吉良吉は思った。まさかあの距離で玉がかわされるとは。この稼業に入って長いが、あんなことは初めてだ。筒先から玉が放たれる一瞬前、輔之進はむささびのように横への跳躍を見せた。あれだけの身のこなしは、天才剣士にのみ許される業なのだろう。引金を引いた瞬間、もう当たらないのがわかったが、指はとまらなかった。

重兵衛も殺すのは難儀だが、輔之進はそれ以上かもしれぬ。

中山道《なかせんどう》に出た吉良吉は西に向かい、下諏訪宿《しもすわじゅく》のはずれにやってきた。旅人がことのほか多い中山道の宿場とはいえ、これだけの深更ともなれば、一人たりとも姿はない。隠れ家のあるこんもりとした林は、すでに吉良吉の視野に入っている。

吉良吉は小走りになり、林に入りこんだ。木々の香りがかぐわしい。冷涼な大気に全身が包みこまれ、汗が引いてゆく。

林のなかに建っているのは、一軒家である。今は亡き朋左衛門《ともざえもん》が用意した家で、部屋は四つ、温泉も引かれている。名義は朋左衛門ではなく、茅野《ちの》の豪農のものになっている。もとは下諏訪宿で旅籠《はたご》屋を営んでいた者の隠居所だったらしいが、その隠居が死んで朋左衛門が手に入れた。朋左衛門は以前、一度だけ会ったことがある豪農の名を借り、下諏訪宿の町名主に少なくない金を積んで、家の届けを出した。その豪農は、名義を貸していることはむろん知らない。

もっとも、朋左衛門がこの家を入手したのは十年以上も前のことで、町名主は三年ばかり前に鬼籍に入っており、この家の名義のやりとりについて、詳細を知る者はこの世には、もはや一人もいないのである。

宿場のはずれといっても、林は街道から引っこんだ場所にあり、深夜の出入りが宿場の者の目につくようなことはまずない。だからといって、どんなときでも無造作に家に入るわけにはいかない。そんなことは万に一つもないとわかっていても、先まわりされ、待ち構えられているかもしれぬことは、頭に入れておかねばならない。

家は五間先に見えている。ひときわ濃い闇にすっぽりと覆われ、家は深い眠りについている。なかに人の気配は感じられない。

吉良吉は足を進ませ、戸口に立った。戸には大きな錠が下り、吉良吉の留守中、この家を守っている。もっとも、戸は薄っぺらで、蹴破るのはたやすい。錠など、ただの気休めにすぎない。

吉良吉は錠に目を落とした。無理にあけられたような形跡はない。

裏にまわってみた。裏口の戸にも錠がされているが、表と同じで、異常はなかった。濡《ぬれ》縁《えん》のついている長い廊下には雨戸が閉《た》ててあり、こちらにもこじられたような跡は見当たらない。

よかろうと判断し、吉良吉は表の戸口に戻り、錠に鍵を差し入れた。かちりと小気味よい音がし、錠がはずれた。

吉良吉は戸をあけ、三和土《たたき》にするりと入りこんだ。戸を閉め、心張り棒をかます。

三和土は三畳ほどの広さで、足元の土は常にほどよい湿り気を帯びている。入ってすぐの壁際に甕《かめ》が置かれ、水がなみなみとたたえられている。甕の蓋をあけ、一応、においを嗅いでみた。水は、妙なにおいを発していない。においのない毒があるのは知っているが、そこまで考えても仕方ない。

吉良吉は柄杓《ひしゃく》を口に持っていった。むさぼるように三杯を立て続けに飲んだ。ここの水は、ほのかな甘みを持っている。裏のわき水を汲んだものだが、汲み置きすることで、さらに味がまろやかになる。やはりわき水はうまい。江戸の水とはあまりにちがう。

飲み終えて、吉良吉はしばらくじっとしていたが、喉が焼けるようなことにはならなかった。毒など入っていないのは最初からわかっていたものの、なんとなくほっとした。

三和土には半尺ほどの高さの沓脱石《くつぬぎいし》があり、そこで草鞋《わらじ》を脱いだ。囲炉裏《いろり》の切られた板敷きの部屋にあがって行灯《あんどん》をつけると、穏やかな光が八畳間をやわらかく照らしだした。吉良吉は畳敷きの隣の間に入り、大の字になった。すり切れて色が変わってしまっている畳だが、この部屋はどうしてか、ため息が出るほど心地よい。実際に盛大なため息が口から漏れ出た。この家の敷居をまたぎ、戸を閉めた瞬間から、いつも大船に乗ったような気分を味わっているが、もともと隠居所というのが関係しているのだろうか。年寄りのために建てられた家というのは、概して居心地がよいようにつくられている。

しばらくのあいだ波間をたゆたっているような心地よさに身をまかせていたが、吉良吉は目をあき、天井《てんじょう》をにらみつけた。興津重兵衛の顔がうっすらと浮かんできている。

――あの男は生きている。

これはもうまちがいない。吉良吉の確信は揺らぐことはない。墓地に埋められた棺桶には、確かに人間の死骸がおさめられていた。顔には厚い死に化粧が施されていたが、あれはどこから見ても重兵衛ではない。どういう手立てを使って、本物の死骸を持ってきたものか。目付頭の津田景十郎のつてだろうか。もしや、死罪になった罪人をもらい受け、棺桶に入れただけではないのか。

とにかく、葬儀は罠のはじまりでしかなかったのだ。誰の発案か知らないが、思い切ったことをしたものである。興津一族は、真実を誰一人として知らされていないのではあるまいか。

重兵衛の葬儀が行われている最中、吉良吉は興津屋敷の前を通ってみたが、悲鳴に似てはいるものの、か細い女の泣き声を耳が拾った。あれは芝居だったのか。いや、もしあれが一族の女たちの声であるのなら、芝居などではあるまい。

重兵衛の許嫁であるおそのや母のお牧は、むろん本当のことを知っているだろう。ほかにも、輔之進の妻である吉乃や侍女のお以知も、真実を知らされていたはずだ。おそのたちはきっと、棺桶の置かれた座敷で、大仰な芝居を演じていたにちがいない。

重兵衛の死。そして葬儀。罠ではないかとは、はなから疑っていた。本当は、墓を暴きに行く前に、重兵衛の手当を行った医者に事情をきくつもりでいたが、こちらがそういう動きをすることは重兵衛たちの思案のうちだったようで、四人の警護の者が医者の家に配されていた。あの四人は、頭の景十郎の命で警護についた目付衆にちがいない。

四人の遣い手が医者の守りについていることを知ったとき、重兵衛が生きていることを吉良吉は覚ったが、確証を得る必要があった。その道の玄人として、本当に生きているかどうか、確かめないわけにはいかなかった。そのために、危険を承知で、墓を暴きに行ったのである。五日前、甲州《こうしゅう》街道で重兵衛を狙い撃ちにしたとき、必殺の手応えはあったのだが、あれが勘ちがいにすぎないことを認めるのはつらかった。だが、そんなものは感傷にすぎない。

そして、実際に墓場には人がひそんでいた。あれは、景十郎を頭とする諏訪家中の目付衆だろう。あれだけ大がかりな罠を仕掛けてきたのは、いったい誰が重兵衛を狙っているか、それがどういう理由なのかを突きとめるためだろう。

ずっと手当のために張りついていた医者が重兵衛のもとを去ったということは、重兵衛の具合がだいぶよくなったことを意味するのだろう。でなければ、離れられるはずがない。もちろん経過を見るために興津屋敷を訪れることはあるのだろうが、少なくとも、重兵衛は重篤の状態は脱したのだ。あるいは、全快の日が近いのかもしれない。

むう。うなり声をあげて吉良吉は起きあがった。汗を流したくてならない。汗を流せば、輔之進に狙われた恐怖も、重兵衛をやり損ねたという最悪の気分も、湯とともに消え去るのではないか。台所脇に設けられている風呂に行く。いつ見てもここは広い。なにしろ、四畳半ほどの広さを持つ檜《ひのき》の湯船がしつらえられているのだから。江戸では、どんなお大尽もこんな湯殿を持つことは許されない。火事が怖いからだ。

この地は信じられないほど温泉が豊富で、火の必要はない。なんとすばらしいものか。温泉は樋《とい》を伝って、裏から引かれている。絹糸のようなさらさらの湯は樋からあふれださんばかりにこんこんと流れ、尽きることがない。熱いことは熱いが、湯船に入れないほどではない。吉良吉は肩までつかった。ふぅ、と大きく息が漏れる。

やつをもう一度、狙わなければならぬ。

吉良吉は誓いを新たにした。朋左衛門は死んだが、依頼は生きている。朋左衛門の願いは、重兵衛を亡き者にしてほしい、というものだった。どういう事情があって殺さなければならないのか、それは吉良吉も知らない。朋左衛門は義理があるようなことをいっていた。

とにかく、どんな理由があるにしろ、朋左衛門の願いをうつつのものにしなければならない。今度は決してしくじらない。しくじるわけにはいかない。

だが、重兵衛を葬り去るのは前よりずっとむずかしくなった。なにしろ、こちらの得物が鉄砲であると知られてしまったのだから、なまなかな手立てでは、殺れるはずがない。

工夫を凝らさなければならない。

三

隅に置かれた行灯の明かりがゆらりと揺れ、それを合図にして起きあがろうとした。

すぐ横の壁に体を預けて、おそのはこっくりこっくりしている。看護の疲れが、ややこけた頬にあらわれている。できるなら抱き寄せ、やさしく頭をなでてやりたい。

重兵衛はゆっくりと体を起きあがらせた。

「重兵衛さん、いけません」

気配に気づいたおそのが、あわてて手を伸ばす。途端に肩に鈍い痛みが走り、興津重兵衛は顔をしかめた。

「ほら、まだ寝ていないと」

「うむ、まださすがに全快というわけにはいかぬようだな」

「当たり前です。どんなに重い傷だったか、重兵衛さんもわかっているでしょう」

おそのが重兵衛をそっと寝かしつけようとして、とどまる。

「ああ、そうだ。ついでですから、横になる前に薬湯を飲んでください」

おそのがうしろを向き、薬缶《やかん》を手にする。なかには、薬湯がたっぷりと入っている。

「いや、それはいらぬ」

目を大きく見ひらいて、重兵衛はかぶりを振った。おそのが苦笑する。

「そんな幼子のような顔をしても、無駄ですからね。体のためですから」

「だが、そいつはとてつもなく苦いんだ」

「良薬、口に苦し。いい薬の証《あかし》です」

「おそのちゃんは飲んだことがないから、気楽なことがいえるんだ」

我ながら子供じみたことをいっていると思いつつも、言葉はとまらない。

「苦い薬なら、俺もこれまで何度も飲んだことがある。だが、そいつは本当にひどい苦さなんだ。おそのちゃんも飲んでみれば、俺のいっていることがよくわかるはずだ」

「わかりました」

にこりとするや、おそのが大ぶりの湯飲みに薬湯を一杯に注ぐ。それをあおる。湯飲みはあっという間に空になった。重兵衛はあっけに取られた。最後にごくりと喉《のど》を上下させたおそのは平然としている。

「おそのちゃん、なんともないのか」

「はい、へっちゃらです」

重兵衛は啞然《あぜん》とした。女性《にょしょう》の強さをまざまざと見せつけられた気がする。

「はい、これをどうぞ」

重兵衛は湯飲みを持たされた。おそのが酌をするように薬缶を傾ける。

「おそのちゃん、少しでいい」

だが、その言葉はあっさり無視された。

「こんなに飲むのか。二合はあるぞ」

「私も飲みましたよ。それに、お医者さまもおっしゃっていました。一日に最低でも五合は飲むようにと」

「もう五合は飲んだぞ」

「それは昨日のことです。じき夜が明けますから、また新たな五合のはじまりです。重兵衛さん、さあ、お飲みになって」

重兵衛は湯飲みに目を落とした。ちらりとおそのを見やる。おそのは真剣な目で見つめていた。

「わかった」

おそのが一瞬で飲んでみせたというのに、自分がいつまでも駄々をこねているのでは、あまりにだらしない。覚悟を決めた重兵衛は目を閉じ、湯飲みを口に近づけた。鼻がひん曲がりそうなにおいである。できれば、鼻をつまんで飲みたいくらいだが、男子としてさすがにそんな真似はできない。この座敷のなかも、この薬湯のにおいで、すさまじいことになっているのではないか。

飲むと決めれば、おそののようにためらわないほうがよい。重兵衛は湯飲みを傾け、一気に飲み干した。口のなかが苦みであふれ、舌がしびれた。ぷはー、と思い切り息を吐く。

「うう、まずい」

体に震えがくるような苦さである。大袈裟でなく、背筋に寒けが走る。

「いったいどんな薬草でできているんだ、この薬は」

「先生によれば、何種類もの薬草を煎《せん》じてあるそうですよ。薬草を混ぜ合わせることで、それぞれの効果を高める働きがあるそうです。でも、よくがんばって飲みましたね。重兵衛さん、えらいですよ」

「ふう、おそのちゃんが母上に見えてきたよ」

重兵衛は湯飲みをおそのに返した。

「はい、じゃあ、横になりましょうか」

布団に横たわったが、おや、と重兵衛は耳を澄ませた。

「誰か来たようだな。いや、輔之進が戻ってきたんだ」

いま何刻だろう。おそのがいったように、朝が近いのはまちがいないだろう。七つどきくらいだろうか。

「重兵衛さん、起きますか」

「うん、頼む」

おそのが重兵衛に正座をさせてくれた。

「かたじけない。いや、ありがとう」

襖《ふすま》の前に人の気配が立った。

「輔之進か、入ってくれ」

「失礼いたします」

襖が横に滑り、輔之進が一礼する。重兵衛の前に進み、正座した。

「ただいま戻りました」

輔之進は疲れた顔をしている。よい首尾でなかったのが知れた。

「無事でなによりだ。それでどうだった」

結果はわかっていたが、あえてたずねた。

「申しわけありませぬ。しくじりました」

輔之進は唇を嚙み締めている。そうか、とだけ重兵衛はいった。

輔之進が口をひらき、どういう顚末《てんまつ》だったか、話しはじめた。

きき終えて、重兵衛は深くうなずいた。

「短筒で狙われたのか。輔之進、本当に無事でよかった」

重兵衛は心からいった。同じように安堵の息をついていたおそのがはっとする。

「輔之進さん、袖が切れています」

「ええ、ここをかすられました」

　それを目にしただけで、輔之進だからこそ、玉をよけることができたのが知れた。他者なら確実にやられている。自分ならどうだろうか。考えるまでもない。その場で死んでいたにちがいない。なにしろ鉄砲に狙われていることにも気づかずにいた男なのだ。至近で放たれた短筒の玉をかわせるはずがない。

「お脱ぎになってください。繕いますから」

「いえ、妻にやってもらいます。妻は家事がからきしでしたが、最近ではなんでもできるようになっていますから」

「ほう、そいつはよかった」

　吉乃は、葬儀での芝居もすばらしかったと母のお牧がいっていた。まさに迫真の演技だったようだ。もっともそれは、おそのにも当てはまることらしい。

　輔之進が袖から視線を転じ、重兵衛をまっすぐ見つめてきた。

「それにしても、せっかくあと少しというところまで追いつめたのに、捕らえることができなかったのは、心残りでなりませぬ」

「次がある」

　重兵衛は確信をもっていった。

「輔之進、勝負はそのときだ。なにしろ、俺が生きていることはもう向こうに知れただろうからな」

はい、と首を動かし、輔之進は気分を新たにしたような顔つきになった。

「きっと義兄上を狙ってくるでしょう。しかし、必ずそれがしが守りきってみせます」

「うむ、期待している。輔之進、吉乃どのも心配しているだろう。早く顔を見せてやることだ。輔之進、これから出仕するのか」

「いいえ、お頭からは午後からでよいといわれています」

「そうか。ならばゆっくりと休んでくれ」

「わかりました」

笑みを浮かべ、輔之進が座敷を出ていった。

「あまりお休みにならずにお出かけになるのでしょうね」

おそのが気がかりそうな目を、閉まったばかりの襖に向けていった。おそらく、おそののいう通りだろう。自分も輔之進と同じことをするからだ。

「重兵衛さんもお休みになってください」

いわれて、重兵衛はおそのを見返した。この五日、心やさしいこの許嫁は、ずっと自分の看護をしてくれている。疲れていないはずがなかった。重兵衛自身、輔之進たちの首尾が気になって昨夜はあまり寝ていない。気持ちの高揚がいまだに続いているせいか、ほとんど眠くないが、自分が眠ることでおそのも休める。重兵衛は、おそのに横にならせてもらった。ゆっくりと目を閉じる。

安心したように見つめる視線を、頬のあたりに感じる。やがて、それが静かに遠のいた。重兵衛が薄目をあけて見ると、おそのはまた壁に体を預けてうたた寝をはじめていた。

うむ、これでよい。重兵衛は再び目をつむった。

脳裏に、暁信《ぎょうしん》という練達の町医者の顔が浮かんできた。何度も首を振り、感に堪えないという顔をしていた。鉄砲にやられて、これほどの快復を見せるお方には初めてお会いしましたよ、と苦笑をまじえていった。

暁信の驚きとあきれがまじったあの表情を、重兵衛は一生、忘れないと思う。実際のところ、もう肩はそんなに痛くない。鈍い引きつりがあるだけだ。

五日前、玉が肩に当たった瞬間、なにが起きたのか、わからなかった。すぐに鉄砲にやられたのだと気づいたが、意識はあっという間に暗黒に引きずりこまれた。次に目を覚ましたら、屋敷の座敷に寝かされていたのである。そばにおそのと医者がついていた。目をあいた重兵衛を見て、おそのは大泣きした。慰めの言葉を探したが、そのときは痛みがひどく、声にならないまま重兵衛はまた気を失ったのである。

鉄砲の玉は、まともに肩に当たっていた。だが、運のいいことに、骨を傷つけることなく、そして玉の破片が残ることなく、肩を貫通したのである。そのおかげで、傷の治りは早かった。幼い頃から傷は大小を問わず数え切れないほど負ってきたが、人より早く完治したものだ。母親のお牧もその早さを最初に目の当たりにしたときは驚き、あきれたほどなのだ。

狙い撃ってきた者に対し、罠を仕掛けることができたのは、まちがいなく重兵衛が本復するのがわかったからである。その確信がないままに偽の葬儀を行えば、もし重兵衛が本当に死んでしまったとき、二度目の葬儀をしなければならなくなるのだ。

偽の葬儀を行ったことに対し、興津一族への釈明、説明をしなければならない。きっと厳しく叱りつけられることだろう。だが、それは仕方のないことである。自分だって同じ仕打ちを受けたら、まちがいなく怒る。ここは、叱責《しっせき》や非難を甘んじて受けることしか、できることはない。

そんなことを考えていたら、いつの間にか眠りに引きこまれていたようだ。目覚めたとき、おそのはいなかった。

廊下を静かにやってくる足音がした。足音は座敷の前でとまり、襖越しに声がかかる。

「重兵衛どの」

母のお牧である。

「起きていますか」

「はい。どうぞ、お入りください」

襖があき、お牧が顔を見せた。背後の廊下はすっかり明るくなっている。鳥たちのさえずりが耳に入りこんできた。お牧は穏やかな笑みを浮かべている。重兵衛が快復しつつあることに、心から安堵を覚えている顔である。

おそのにきいたのだが、昨日の葬儀においては、お牧もこれ以上ない芝居をしたそうだ。悲しみに耐えているものの、心の底からこみあげてくるものを抑えきれない、そして体が打ち震えるのをどうしてもこらえきれない母親の心情を、ものの見事にあらわしていたという。

重兵衛は起きあがろうとした。

「そのままでけっこうですよ。寝ておきなさい」

重兵衛はその言葉に甘えることにした。母親の前で無理をしても仕方がない。

「具合はどうですか」

お牧が枕元に正座し、顔をのぞきこんでくる。

「ご覧の通り、とてもよくなっています」

「相変わらずめざましい快復ぶりですね。おそのさんは目を丸くしていますよ」

「なにしろ目の当たりにするのは初めてですからね」

「傷の治りの早さでいえば、あなたは本当に化け物です」

ふだんはそんなに口の悪い母親ではないが、これは安堵の思いがいわせているのだろう、と重兵衛は思った。

お牧が静かにかぶりを振る。

「ああ、こんなことをいうために来たわけではなかった。重兵衛どの、あなた、一族の方々に偽りの葬儀を行ったことの釈明をいずれなさるおつもりですね」

「もちろんです」

「それは私にまかせておきなさい」

「いや、そういうわけにはいきませぬ」

「大丈夫です。私にまかせておけばよいのですよ。あなたは江戸に帰らなければならぬのですから」

「いえ、帰る前に皆さま方に説明させていただきます」

「小耳にはさんだのですけど、津田景十郎さまは大目付さまの命で、いろいろと動かれているそうですね」

重兵衛は我知らず上体を起こした。

のです」

「母上、どうしてご存じなのです」

「決してきき耳を立てていたわけではありませんよ。以前、津田さまがお越しになったとき、お茶をお持ちしようとして、あなたや輔之進どのとの話が、耳に入ってきてしまったのです」

「さようでしたか」

お牧は口が堅い。あのときの話が外に漏れる心配はない。

「あなたが鉄砲で撃たれた件は、その大目付さまの命と関係あるのではないかと、あなたは思っているはずです」

その通りである。大目付の命で景十郎が調べているのは、参勤交代の途上、下諏訪宿唯一の本陣である岩波家《いわなみや》に泊まった大名が、ここ二年のあいだに三人も急死している一件である。江戸への途上が一人、領国への帰国の途中が二人とのことだった。三人とも岩波家を出た直後、変死しているという。

岩波家がこの一件に関与しているわけではなく、まちがいなく朋左衛門が関係していたはずだ。三人の大名はどうやら効き目の遅い毒にやられたらしく、朋左衛門は南蛮の毒蜘《どくぐ》蛛《も》を大量に飼っていたと考えられるのである。その毒蜘蛛からこれまでこの日の本の国では知られていない毒を抽出し、毒薬をつくっていたのではないか。

朋左衛門は下諏訪宿で将棋屋《しょうぎや》という旅籠を営んでいた。すぐ近くにある岩波家に深夜、手練《てだれ》を忍びこませるのは、さほどむずかしいことではないだろう。忍びこんだ手練は、朝《あさ》餉《げ》がはじまるのを大名の起居する部屋の天井裏でじっと待つ。大名が食する朝餉は毒味役がいるから、事前に毒を仕込むことはできない。多分、天井からほんの一滴を垂らし、毒味の終わった汁物に毒が入るようにしているのではないか。汁物でなくても、食後に喫する茶でもよい。とにかく、三人の大名は朋左衛門の手の者に毒を盛られたのである。

だが、この三人の大名を亡き者にした一件で重兵衛が狙われたわけではないのは、はっきりしている。景十郎にきかされるまで、そんなことが行われていたことは、まったく知らなかったからだ。自分が朋左衛門たちに狙われるには、なにか別のわけがあるはずなのだ。それがなにかがわからないのが、今の重兵衛には腹立たしい。傷が治り、体が元通りになれば、外に飛びだして調べまわることができるのに、今はおとなしく横になっているしかない。それも歯がゆくてならない。

「あなたは結局のところ、その一件に関することで江戸に戻ることになるのではないかと私には思えるのです」

お牧が諭すような口調でいった。

「今はここ下諏訪が舞台ですが、それが江戸に移るということですか」

「ええ、そういうことでしょうね。そういうとき、悠長に一族の方々に説明している暇などありません。あなたはおそのさんとともに、江戸に旅立つべきなのです。ですから、私と輔之進どのに一族への申し開きはまかせなさいといっているのです」

「わかりました。ありがたく母上におまかせします」

重兵衛は横になったまま、よろしくお願いしますというように、深くうなずいた。

「ただし母上――」

「はい」

「輔之進はもしかすると、江戸に一緒に来てもらうことになるかもしれませぬ。それでもかまいませぬか」

「ああ、さようですね。輔之進どのが一緒にいれば、あなたの大きな力になるのは紛れもないことでしょう。お連れなさい」

「かたじけなく存じます」

重兵衛が枕の上で頭を下げると、お牧がほほえみを浮かべた。ふと、耳を澄ませる。

「朝餉ができたようですよ」

確かに、おそののものだとわかる足音が近づいてくる。

「重兵衛、今朝はお粥《かゆ》ではありませんよ」

「えっ、まことですか」

目が輝く。

「ええ、今日は七分づきのご飯です。暁信先生からお許しが出ましたから」

「それは心からありがたく思います」

自然に頰がゆるむ。声をかけて、おそのが座敷に入ってきた。膳を捧《ささ》げ持っている。味噌汁の香りが鼻孔をくすぐる。

重兵衛は、これまでの人生で、今朝ほど空腹を感じたことがなかったような心持ちになっている。

四

先延ばしになった。

それは自分でも感じている。人の縄張へは、どうも行きにくくてならない。

それじゃあ、いけねえんだがな。どうせ、いつかは行かなきゃならねえんだから、今日みてえにさっさと了解を取って、足を運べばいいんだ。

河上惣三郎《かわかみそうざぶろう》は自らの頭をこつんと叩いた。

「あれ、旦那の頭は、なかなかいい音がしますねえ。あっしは旦那に殴《なぐ》られると、ぽぺん、なんて音がしますからねえ」

中間の善吉《ぜんきち》がうしろからいった。

「おめえとちがって、俺の頭は中身が詰まっているからな」

「あっしの頭が変な音がするのは、中身がすかすかだからですかい」

「そういうこったな。おめえの脳味噌は変な虫に食われちまってるんだ」

「そうか、あっしの頭は虫食いだったんですかい。いったい全体、虫はどこから入りこんだんでしょうかね」

「耳だろうぜ」

「はあ、耳ですかい。右ですかね、それとも左ですかい」

「両方じゃねえか」

善吉が二つの耳の穴に両手の人さし指を突っこみ、ほじりはじめた。

「あっしには、これが虫が入るような穴には思えないんですけどねえ」

「いや、まちがいなく虫が入って、脳味噌を食われちまったんだ。だいいちおめえ、いま俺たちがどこに向かっているかもわかってねえだろう」

「わかってますよ」

善吉が力んで肩を怒らす。

「木挽町《こびきちょう》じゃないですか」

惣三郎には意外でしかない。

「善吉、どうして知っているんだ。教えた覚えはねえぞ」

へへへ、と善吉が指で鼻先を自慢げにさすった。

「だって旦那は、これまでも日月斎《じつげつさい》のことをずっと気にしていたじゃないですか。それになにより、あっしらはあいつに白金堂《しろがねどう》に監禁までされましたからね。気持ち悪い蜘蛛まで見せられて。日月斎は、木挽町に家があり、永輝丸《えいきがん》の元締もそこにいるようなことを口にしていました。しかも、あの町には重兵衛さんの主家だった諏訪家の上屋敷もありますからねえ。木挽町に行けばなにかつかめるんじゃないかって旦那が考えるのは、至極当然じゃありませんか」

「ほう、おめえ、やるなあ。合ってるぜ。よく頭がまわるようになったじゃねえか。てえしたもんだ」

「そうでしょう、そうでしょう」

ほめられて善吉は鼻高々だ。

「もしかしたら、虫食いになんかなってねえかもしれねえぞ」

「さいですかい。そうだったらいいんですけどねえ。ところで旦那は、木挽町への行き方は知っているんですかい」

「当たりめえだ。俺はちゃきちゃきの江戸っ子だぜ。生まれてこの方、ずっと江戸で育った男が木挽町を知らねえわけがねえ。番所からそう離れちゃいねえしな」

「そうですよねえ。旦那はもう四十二ですし、木挽町への行き方くらい、当たり前に知っていますよねえ」

　また四十二に逆戻りしやがった、と思ったが、惣三郎はそのことを咎めるつもりは、もはやなかった。善吉という男は、そのときの気分で、正しい歳《とし》である三十五といったり、四十二といったりするのが、ようやくわかったのである。

　今朝は朝からどんよりとした雲行きで、そんなに暑くはない。むしろ秋を思わせる風すら吹き、涼しささえ感じている。ほとんど汗をかくことなく、惣三郎と善吉は木挽町に着いた。

「へえ、ここが木挽町ですかい」

　物珍しそうに善吉があたりを見まわしている。

「まさかとは思うが、おめえ、この町に来るのは初めてじゃねえだろうな」

「ええ、初めてですよ」

当然だろうという口調で答える。

「善吉、おめえのことだ、来たことがあるのを忘れているだけじゃねえのか」

「いえ、ここには来たことはありませんね。初めて見る町並みですよ」

「江戸の町並みなんてどこも似たようなものだと思うんだが、実際のところ、おめえは非番のときでも、町歩きなんてしそうもねえものなあ。来たことがないのも、うなずけるぜ。おめえ、非番の日は、いってえなにをしてるんだ」

「中間長屋にいますよ」

「番所内の長屋でなにをしてるんだ」

「本を読んだりしています」

「なにを読んでんだ。軍記物が好きだってのは前にきいたが」

「軍記物のほかには滑稽本《こっけいぼん》、洒落本《しゃれ》、人情本などですかねえ」

「戯作《げさく》ばっかりか。おめえ、実は春画を見ているんじゃねえのか」

「だ、旦那、い、いったいなにをいってるんですかい。あ、あっしは旦那じゃないんですから、そ、そんなもの、見ているわけないじゃないですか」

なんだ、図星だったか、と惣三郎は思ったが、そのことに触れるつもりはなかった。

「本ばかり読んでいて、親父とおふくろはなにもいわねえのか」

善吉は二親とせまい一室に一緒に住んでいる。

春画から話題がずれたことに、善吉は明らかにほっとした。

「ええ、いいませんねえ。非番の日にあっしが家にいるのが、うれしくてならないみたいですよ」

「へえ、そいつは奇特な親だな。おめえの親父は前に俺の中間をつとめていたからよく知っているが、おめえと一緒がうれしいだなんて、ちと耄碌《もうろく》したんじゃねえのか」

「そんなこともありませんよ。うれしそうに、あっしと一緒に滑稽本を読んだりしてますからね。耄碌していたら、本なんか読めませんからねえ」

「ふむ、そりゃそうだな」

いつまでも無駄口を叩いていられず、惣三郎と善吉は、日月斎に関する聞き込みを開始した。木挽町は一丁目から七丁目まである。諏訪家の上屋敷があるのは、四丁目である。

惣三郎と善吉は、町内の自身番すべてと町名主の家を訪問し、日月斎の人相書を提示して聞き込みを行ったが、日月斎が暮らしている家など、どこにもなかった。日月斎という薬売りを見かけたことがある者も皆無だった。日月斎のいっていた、永輝丸の元締に当たる薬店もなかった。

これらのことは予期していた通りだから、惣三郎に落胆はなかった。

「やっぱり日月斎の野郎、嘘《うそ》をついていやがったんですねえ。いったいどこに消えちまったんですかね」

善吉が、中天の太陽にちらりと目を当てていった。昼をすぎて雲が取れてきた空は徐々に晴れつつあり、それにつれて暑くなってきている。風がなくなり、湿気がとみに増してきていた。

「わからねえが、この江戸の空の下にいるのはまちがいねえな」

「風を食らって、上方にでも逃げだしたってことはありませんかい」

「考えられねえことはねえが、俺は、やつは江戸にいるって思っているぜ。日月斎の野郎は、この江戸でなにかしでかそうってつもりでいるにちげえねえんだ。それに、あの野郎が白金堂に居着いていたことも気になる。どうして白金堂が選ばれたんだ」

「ああ、そいつは確かに謎《なぞ》ですねえ」

善吉が同意してみせる。

「だが、あの野郎がどこにひそんでいようと、俺は必ず引っ捕らえてやる」

「旦那、その意気ですよ」

惣三郎は頬をかりかりとかいた。

「おめえに励まされても、あんまりうれしかねえが。――そうだ、善吉、ちょっと行ってみるか」

「えっ、行くってどこにですかい」

「町方が行ったところでなかに入れるわけじゃなし、なにかつかめるとも思えねえんで、これまで後まわしにしてきたんだが、今日はついでに足を運んでみるのもいいかもしれねえな。見るだけでも、いいだろうぜ」

「旦那、いったいなにをぶつぶついっているんですかい。人間、独り言をいうようになったらおしまいですよ」

「おめえみてえに終わっている人間がなにをいおうと、俺は一切、気にしねえことにした。善吉、行くぜ。ついてきな」

惣三郎が善吉とともにやってきたのは、神田小川町である。

ここも他の同僚の縄張ではあるものの、惣三郎の目当ては武家地にあり、町地をまわっているはずの同僚と顔を合わせることはまずないはずだ。その同僚は堅物で、手続きや形式などにかなりうるさい男である。神田小川町に行くことは急に決めたことなので、当然のことながら事前に話を通しておらず、もしばったりと出くわしたりしたら、面倒なことになりかねない。しっかりと事情を説明しても、わかってもらえないかもしれない。あまり話の通ずる男ではないのだ。

会ったときはそのときだ。なんとかするしかねえ。惣三郎は腹をくった。

「ここだ」

惣三郎が足をとめたのは、小禄の旗本の屋敷が集中しているこのあたりでは、ひときわ宏壮な武家屋敷の前である。大きな長屋門をひっきりなしに人が出入りしている。

「あの旦那、ここはどなたのお屋敷ですかい。ずいぶんとにぎわっていますけど」

「わからねえか」

「大名ですかい」

「いや、大身の旗本だ」

あっ、と善吉がひらめいた顔になった。

「もしや、和泉守《いずみのかみ》さまですかい」

「そうだ。毒蜘蛛を握らせて殺した男に日月斎は、うぬは和泉守の家中の者であろうっていっていた。和泉守というと、大名を含めて何家もあるが、いま公儀でそれなりの役職についている和泉守というと、ここしかねえ」

「こちらの和泉守さまは、なんという姓なんですかい」

「本多《ほんだ》さまだ」

「本多和泉守さまというと、確か大目付でしたねえ」

「そうだ。この屋敷の主は大目付だ」

大目付の定員は四、五人。大身の旗本から俊秀が選ばれる。大名監視を主な役目としている。

「あっしらの目の前で殺された男は、この家の手の者ってことですかい」

「あの男だけじゃねえ、死骸で見つかった三人の男もそうだ」

「じゃあ、あっしらの目の前で殺された男も合わせ、茂登坂《もとさか》という蕎麦屋《そばや》で集まっていた四人は、全員が大目付さまの手の者ってことですね」

「そういうこった。日月斎たちの気に入らねえことを調べていて、それで亡き者にされたってことだな」

「四人はなにを調べていたんですかね」

「そいつはまだわからねえが、大目付が出てくるなんざ、ご公儀の上のほうの人たちの争いが絡んでいるんだろうな」

「なるほど、またもおきまりの権力争いってやつですね」

「ああ、上のほうのお方ってのは、どういうわけか、いつも飽きずにそんなことばっかりやってやがる。もっと下々のことをまじめに考えて政《まつりごと》をしてほしいもんだが、そんなお方は一人としていやがらねえものなあ。まったくいやな世の中だぜ」

「旦那は木っ端役人として公儀に仕えているんですから、あまり大きな声でそんなこと、いわないほうがいいんじゃないんですかい。御政道批判ということで、くびにされかねませんよ」

惣三郎は善吉をにらみつけた。こいつ、俺のことを木っ端役人って呼びやがった。といっても、まあ、嘘じゃあねえなあ。怒るほどのことでもねえや。

「でも旦那、大目付さまがどんな争いを誰と繰り広げているものなのか、やっぱり気になりますねえ」

「確かにな。本多和泉守さまが誰と争っているか、そいつがわかれば、日月斎のこともわかってくるかもしれねえな。うむ、ちと、調べてみるか」

誰にきくのがよいのか。公儀の要人の勢力がどういう具合になっているかなど、惣三郎は詳しいことはほとんど知らない。下手な者にきくわけにはいかない。その者から調べていることが、大目付側に漏れないとも限らない。

ふむ、誰か、格好の者はいねえものかな。考えているうちに不意に人通りが多くなったことに惣三郎は気づいた。いつしか武家地が切れ、惣三郎と善吉は町地に出ていた。

「あっ、まずい。こっちに来い」

惣三郎は善吉を引っぱり、路地に隠れた。

「いてて、旦那、なにをするんですかい」

惣三郎は善吉の耳を引っぱっていた。

「ああ、すまねえ」

耳から手を離した。

「ああ、痛かった。旦那、いったいなにがあったんですかい」

「話はあとだ。行くぞ」

惣三郎は路地を足早に歩きだした。善吉があわててついてくる。

路地を出て、道を折れた。しばらくずんずんと歩き続ける。もうよかろうと確信できた場所で足をとめ、うしろを振り返る。額に流れ出た汗を、惣三郎は手の甲でぐいとふいた。

「ふう、危ないところだった」

「旦那、ほんとにどうしたんですかい」

「半藤《はんどう》さんと鉢合わせしそうになったんだ」

「ああ、さいでしたか。半藤さま、こういっちゃなんですが、うるさいですものねえ。おい、惣三郎。俺の縄張を断りもなく、なに荒らしているんだ」

善吉が、半藤力之助《りきのすけ》の声音を真似してみせた。声だけでなく、抑揚のつけ方も意外にうまい。

「半藤の旦那に、旦那がこんなふうにいわれるのは、目に見えていますものねえ。ほかの中間たちも半藤の旦那のことは、煙たがっていますよ。まあ、ここまで来れば、半藤の旦那の縄張は抜けていますから、一安心ですね。それにしても、あっしは旦那につくことができて、ほんとによかった」

「おめえにそんなことをいわれると、じーんときちまうところが、俺の弱《よえ》えところだな」

「とにかく旦那はあっしを中間にすることができて、万々歳ってことですよ」

そいつはちがうだろう、と惣三郎はいおうとしたが、その前に善吉がおっかぶせるように続けた。

「さあ、旦那、調べを続けましょう。本多和泉守さまのことを調べて、日月斎をとっつかまえましょう」

「うむ、そうだな」

惣三郎は唇を嚙み締めてうなずいた。顎《あご》をなでさする。

「誰か、本多和泉守さまに詳しい者はいねえかな」

間を置くことなく、善吉が提案する。

「左馬助《さまのすけ》さまはいかがですかい」

前は鳴瀬《なるせ》といったが、今は堀井《ほりい》道場の婿《むこ》におさまり、姓もあらためている。

「善吉、どうして左馬助なんだ」

「左馬助さまは、町人の門人も多くなってきているが、今でもうちの主な門人は旗本や御家人の子弟たちだ、というようなことを前におっしゃっていましたからね」

「ああ、確かにいってたな。つまりおめえは、左馬助の道場に行けば、門人の旗本や御家人の子弟どもから、いろいろと話をきけるんじゃねえかってにらんでいるわけか」

「ええ、そういうこってす」

「ふむ、悪くねえな」

惣三郎はつぶやくようにいった。左馬助に門人に噂話をきいてもらうだけで、おそらく本多和泉守のことはかなり詳しくわかるだろうし、左馬助を介することでこちらが本多和泉守のことを調べていることなど、どこにも漏れようがない。

それに、左馬助の道場のある麻布坂江町《あざぶさかえちょう》は、自分の縄張内である。誰にも遠慮する必要がなく、堂々と歩ける。

悪くないどころか、いい手といってよい。

「剣術道場に通っているような子弟どもは、とにかく暇なやつが多いから、公儀の政のことや権力争いなんかに、やけに詳しい者が必ず一人や二人いたりするものなんだ。ふむ、善吉、いいところに目をつけたぜ。おめえにしちゃあ、上出来だ。よし、左馬助のところに行くぜ」

「合点承知」

薄雲を抜けてくるやや強い陽射しのなか、二人は張り切って歩きだした。


「えっ、左馬助がいねえって。そいつはまたどういうことだ」

惣三郎は、道場の戸口に出てきた門人にただした。眼前のまだ十代と思える門人は、どこからどう見ても町人である。顔が生き生きと輝いているのは、おそらく剣術がおもしろくてたまらない時期だからなのだろう。

「左馬助は用事で他出したのか。すぐに戻ってくるのか」

「用事は用事なんですけれど、近くではありませんから、すぐには戻られません」

近くはねえって、いったいどこに行ったのか。白金村だろうか。だが、白金村はここからならさほど遠くはないし、今さら左馬助が白金村に行く必要もないような気がする。

「若先生は旅に出られたんですよ」

「えっ、旅だって。いってえどこに行ったんだい」

ききながらも、惣三郎には見当がついた。うしろの善吉も解したようで、あっ、と声を発した。

「諏訪に行かれました」

やっぱり、と思い、ふう、と惣三郎は内心でため息をついた。あの野郎、俺に断りもなく勝手をしやがって、と思ったものの、やはり左馬助がうらやましくてならない。こういうとき、町方役人という身分に縛られているのが、うっとうしくてならなくなる。自由に動ける者たちが、この上なくまぶしく感じられる。自分は江戸を離れるなど、まず無理だ。一度、左馬助に頼みこんで、こっそりと諏訪へ旅立ったことはあるが、同じことは二度とできない。あのときは、上役の与力が暗黙の許しをくれたからだ。今回はそんなものは期待できない。もしばれたら、まちがいなくくびである。

それにしてもあの野郎、矢も楯もたまらず旅立ちやがったな。

文という手もあるが、左馬助は、それでは駄目だと思ったにちがいない。重兵衛にじかに、白金村で起きたことを知らせたいと考えたのであろう。

無理もない。白金堂に日月斎という怪しい男が出入りし、しかも大目付の本多和泉守の手の者と思える男を蜘蛛の毒で殺し、さらに惣三郎と善吉を監禁したのだ。

文字をつらつらと書き連ねるのも重みがあってよいが、言葉のほうが感情などもずっと伝わりやすい。それに、文はなにより相手先に到着するまでときがかかる。行ったほうが早いと左馬助が考えたところでおかしくはない。もし自分が左馬助の立場なら、同じことをするだろう。

惣三郎は門人に礼をいって、道場をあとにした。暮れはじめた西の空を眺める。風はさしてないが、雲は跡形もなく消え去り、空は晴れ渡っている。秋を感じさせる澄明な陽射しが穏やかに降り注いでいる。町を行きかう者たちの表情には、暑さが去って、心なしか、ほっとしたようなものがあらわれている。

左馬助が江戸を発《た》ったのは、四日前の夜明けのことだという。となれば、左馬助の旅はじき終わりを告げる頃ではないか。

今頃左馬助は、と惣三郎は再び西の空を見やった。諏訪に着いただろうか。

五

城下に入った。

じき夕暮れを迎える刻限だが、空は抜けるように青く、信じられないほど澄んでいる。この空の青さ、高さは江戸では決して見られないものだ。

大気も実にうまい。味があるというのか、どことなく甘さが感じられるが、これは旅に出たという高揚した思いがもたらしているだけだろうか。

左馬助は、ほう、と嘆声をあげた。道の向こうに、高島城の天守が望めるのである。あの姿のよい天守は、実際には五階建てだが、三層に見えるようにつくられているという。前に重兵衛がそんなことを教えてくれた。

重兵衛は諏訪家中の士として、あの城に出仕していた。そう思うと、左馬助には感慨深いものがある。

高島城は、築城当時は水城と呼ばれるにふさわしく、湖水が城を洗っていたらしいが、その後、諏訪湖の干拓が行われたために、湖から五町ほどの距離ができてしまったそうだ。

立ちどまり、左馬助は振り分け荷物を担ぎ直した。高島城下に入って、これまでの疲れが吹っ飛んでいる。足が、これまでとはくらべものにならないほど軽い。足のまめも治ったのか、なんの痛みも感じない。人というのは気の持ちよう一つで、なんとでもなる生き物だということを実感する。

久しぶりの旅ということもあったか、甲州街道を歩きはじめて高井戸《たかいど》宿をすぎたあたりで足にまめがいくつもでき、薬を塗ったものの、ほとんど痛みは引かなかった。その痛みをかばうためにぎごちない歩き方をすることになり、そのせいで、腰のあたりもずきずきとしてきた。腰の痛みがひどくなると同時に両足も重くなり、左馬助は右足を引きずるようになった。

これまでの厳しい修行はいったいなんだったのか。旅に出ただけでこんなになってしまうなど、自分のあまりの情けなさ、不甲斐《ふがい》なさに、涙が出そうになった。こんなざまでは重兵衛に会ったところでなんの役にも立たぬ、と一度は引き返すことも考えたほどである。だが、この程度のことに負けてなるものか、俺には重兵衛に伝えなければならぬことがあるではないかと考え直し、歯を食いしばって左馬助は甲州街道を歩き続けたのである。

こうして無事に諏訪に着いてみると、引き返さずによかったと心から思う。歩き続けているうちにまめの痛みも消え、腰の痛みも引いていった。最後まで両足の重さは残り、右足も引きずってはいたが、城下に入ったことでそれらも消えた。

諏訪の町は湯煙で満ちている。至るところから湯煙があがっている。その光景が左馬助の心にしみた。なつかしい町並みだ。

いま温泉にどぼんと浸かることができたら、どんなに気持ちよいだろう。旅の疲れは吹っ飛んでゆくだろう。この地の湯は絹のような肌触りで、とてもやわらかい。この世に生きたまま、極楽というものを感じられるのではあるまいか。

前に一度、諏訪にやってきたのは、おのれの無実を晴らすために帰郷した重兵衛を助けるのが目的だった。あのときは惣三郎も一緒だった。町方同心のくせに、あの男はどうしても一緒に行きたいといい張ったのである。

重兵衛のことが心配でならず、いても立ってもいられない惣三郎の心情は痛いほどにわかり、左馬助も、よかろう、一緒に行こうといったのだ。そうまでしてやってきたにもかかわらず、惣三郎は諏訪に逗留《とうりゅう》することなく、ほとんどとんぼ返りだった。

町方同心が江戸を離れるなど、正直、言語道断のことだろうし、いま考えても、よく露見しなかったものだ。もしばれていたら、とうに惣三郎は町方同心をくびになっていたはずである。町奉行所を解雇されて、惣三郎は今頃、どうしていたのだろう。

あのおっさんのことだ、石にかじりついてでも、食うための仕事を探しだしていたはずだ。もともと、大八車に轢《ひ》かれても死なないようなしぶとい男なのだ。

歩を進め、左馬助は着実に興津屋敷に近づいてゆく。この前来たときは、ろくに活躍できなかった、と日暮れが江戸よりずいぶんと早い町を抜けつつ思った。重兵衛の母親を守ることになり、興津屋敷にずっといただけですべてが終わってしまったのである。

そのことに関し、重兵衛はすまなかったと謝ってきたし、左馬助は気にするなと答えたが、やはり存分の働きをしたかった。せっかく諏訪まで来たのにもったいなく、それが心残りだった。

今度は果たしてどうなのだろう。活躍の場は与えられるだろうか。

今回は大丈夫ではないか。そんな気がする。なんといっても、剣の腕は前回とはくらべものにならないのだから。今は、重兵衛も瞠目《どうもく》するだけの腕を身につけた。もう以前の自分ではない。前回、留守居役しか頼まれなかったのは、重兵衛に剣の腕を信用してもらえなかったゆえだろう。今回こそは、という雪辱《せつじょく》の思いが左馬助にはある。

だが、今そんなことを考えても仕方がない。この町では、なにも起きないかもしれないのだ。自分がここまでやってきたのは、重兵衛に白金堂で起きたことを詳細に知らせるためである。それ以外に目的はない。目的が達せられれば、ほかに望むことはない。

左馬助は、重兵衛の顔を思い浮かべた。自然に笑みがこぼれる。俺を見て、あいつはどんな顔をするだろうか。いつも冷静でひょうひょうとしている男だが、今回に限っては、どうしてやってきたんだ、と腰を抜かすにちがいなかった。

一刻も早くその顔を目の当たりにしたくなり、左馬助は足を速めた。

興津屋敷のある武家地に入った。町の名は前にきいたが、今は失念してしまった。ただ、興津屋敷の場所だけはしっかりと覚えている。一度行ったところは、決して忘れない。地理、地勢に関しては、左馬助は人に負けない自信があった。

諏訪家中でも相当の大身と思える者の宏壮な屋敷の建つ角を曲がったとき、喪服に身を包んだ二人の侍と四人の供が、左馬助の横を通りすぎていった。その侍同士の会話が耳に入り、左馬助は仰天した。我知らず振り返り、立ちどまっていた。いまのは、空耳ではないのか。

肩を並べて歩くその二人の侍は、昨日の重兵衛どのに続いてまた今日も葬儀とはなあ、まったく仁右衛門《じんえもん》どのもお若いのに、といったのである。

「お若い人が二人も続くと、それがしのような年寄りには、つらいものがござるよ」

「ええ、本当にこたえまするな。それに家人がかわいそうでなりませぬ」

左馬助はたまらず呼びとめた。

「あの、もし」

二人の侍と四人の供がいっせいに振り向き、左馬助をいぶかしげに見る。

「ぶしつけを承知でおたずねいたす。今、昨日の重兵衛どのに続き、とおっしゃいましたが、それは今は江戸に在住の興津重兵衛どののことにござろうか」

「さよう」

やせたほうの侍が重々しくうなずいた。

「昨日、重兵衛どのの葬儀が行われたということでござろうか」

「その通りにござる」

左馬助は愕然《がくぜん》とした。言葉が出ない。足から力が抜けてゆく。ふらりと倒れそうになったが、かろうじてとどまる。

「どうされた」

やや肥えたもう一人の侍が心配そうにきく。左馬助は無理に喉から声を押しだした。

「それがし、重兵衛どのの友垣でござる。今日、重兵衛どのを訪ねてまいったところなのでござるが……」

「それはお気の毒に」

見ていられないとばかりに、二人の侍が同時に左馬助から視線をそらした。供の四人も
目を地面に落としている。

左馬助は心を励ました。ここできいておくべきことは、すべてきいておかねばならぬ。

「重兵衛どのは、どうして亡くなったのでござろうか。病でござろうか」

「それがしもはっきりときいたわけではござらぬが、鉄砲に撃たれたという噂がまことし
やかに流れてござる」

「鉄砲に……」

重兵衛は飛び道具にやられたのか。いかな重兵衛といえど、宙を飛んでくる玉はよけら
れなかったということか。

「お二人は、重兵衛どのの遺骸はご覧になったのでござるか」

「いや、見ておらぬ。重兵衛どのの一族の者も、対面させてもらえなかった由にござる。

なんでも、遺骸の傷つき方が尋常でなかったらしく、誰にも会わせられぬということにござった」

そんなにひどいやられ方をしたのか、と左馬助は暗澹《あんたん》とした。だが、やはり信じることはできない。あの、しぶとさでは惣三郎の上を行く男が死んだなど、鉄砲で狙われたのだとしても、考えられることではなかった。

「お呼び止めして、申しわけないことにござった。これにて失礼いたす」

左馬助は一礼し、その場を立ち去った。侍たちがじっと見ているのがわかったが、角を曲がるとそれも消えた。一目散に興津屋敷を目指す。静謐《せいひつ》な武家地だが、かまわず地響きを立てるように駆け続けた。やがて、見覚えのある屋敷が目に飛びこんできた。

門はひらいている。昨日、葬儀が行われた暗い雰囲気は感じられない。だが、線香の濃いにおいが、門のところまで漂っている。

まちがいないのか。重兵衛は死んでしまったのか。

その思いを打ち消すように大きく首を振り、左馬助は門を入った。敷石を踏んで玄関に足を踏み入れ、ごめん、と大声を発した。はい、とすぐに女の声で応えがあり、足音が廊下を近づいてきた。

姿を見せたのは、おそのだった。左馬助を見て、信じられないというように目をみはる。

「左馬助さまではありませんか」

「うむ、おそのどの」

左馬助は、式台に立つ重兵衛の許嫁をじっと見た。昨日、葬儀が行われたばかりにしては、おそのは悲しみに暮れている顔ではない。そのことは左馬助に希望を抱かせたが、いや、まだ生きていると断定するには早い、と自らにいいきかせた。心の臓がどきどきしている。もし、おそのに重兵衛が死んだと告げられたら、自分はこの場に突っ伏して大泣きするのではないか。左馬助は腹に力をこめた。

「おそのどの、つかぬことをきく。重兵衛の葬儀が行われたと、いま近所の者にきかされたが、まことのことか」

おそのがにこりとする。

「はい、重兵衛さまの葬儀は昨日、確かに行われました」

がん、と頭を殴られたような衝撃を受けた。左馬助は呆然とした。頭が真っ白で、なにも考えられない。いや、一つだけ脳裏をよぎったことがある。重兵衛が死んだというのに、どうしておそのは笑っていられるのか。

「でも左馬助さま、重兵衛さまはご健在でいらっしゃいます」

左馬助はおそのをにらみつけた。すぐに気づいて力を抜いた。

「本当のことなのだな」

「はい、嘘など申しません。すみません、つい、左馬助さまをからかってしまいました」

おそのが申しわけなさそうに頭を下げた。張り詰めていた気がゆるみ、左馬助はへなへなとその場にへたりこみそうになった。

「左馬助さま、大丈夫ですか」

おそのが式台から降りようとする。左馬助は体に力をこめ直した。

「ああ、平気だ。おそのどの、重兵衛に会わせてもらえるか」

「はい、承知いたしました。ただいま、すすぎの水をお持ちします。少しお待ち願えますか」

おそのが持ってきてくれたたらいには、たっぷりと水が張られていた。足を洗ってさっぱりとした左馬助は屋敷内にあがった。おそのの先導で廊下を進む。途中、廊下の角に一人の侍が立っていた。

「おう、輔之進どのではないか」

呼びかけられて、輔之進が笑顔になる。肩を並べて、廊下を歩きだす。

「左馬助どの、ご無沙汰しています」

「うむ、本当に久しぶりだな」

「よく諏訪にいらしてくれました」

「うむ、ちょっと江戸であったものでな。重兵衛に知らせなければならなくなった。正直いえば、重兵衛の顔が見たくてたまらなくなった。それにしても、重兵衛はどうしたんだ」

「それはじかにおききになってください」

輔之進がいったとき、おそのが足をとめた。そこは廊下のどん詰まりの部屋で、襖がきっちりと閉められているが、日当たりはことのほかよさそうだ。

おそのが襖越しに声をかける。

「ほう、左馬助が来たのか。早く入ってもらってくれ」

なつかしい声が左馬助の耳にするりと入りこんだ。おそのが襖があける。左馬助の目は畳に敷かれた布団をまず捉えた。その上に重兵衛が正座していた。にこにこ笑ってこちらを見ている。

振り分け荷物を廊下におろすや、左馬助は敷居を飛び越えた。重兵衛の前に両手をつき、眼前の顔を見つめる。

「どうした、重兵衛。鉄砲にやられたときいたが」

「うむ、その通りだ」

左馬助は重兵衛の体に視線を走らせた。

「左肩をやられたのか」

着物の下になって見えないが、そこだけわずかに盛りあがっているのは、晒《さら》しが巻かれているためだろう。

「そうだ。だが、幸いにも玉は貫通してくれてな、大事には至らなかった」

「本復するのだな」

「むろん。床を上げるのも、そんなに遠いことではない」

それをきいて、左馬助は一安心した。

「相変わらずしぶとい男だ。鉄砲にやられて、こうして起きあがっていられる男など、そうはおらぬぞ。丈夫な体に生んでくれた母上に感謝することだ」

「ああ、母上にはいつも感謝している」

「まったく、急に訪ねていって驚かすつもりが、こっちが逆に驚かされてしまったよ」

軽口を叩いたが、疑問が次々に左馬助の頭に浮かんでくる。

「重兵衛、いったい誰にやられたんだ。いつやられた。どんな理由があって、鉄砲で撃たれたることになった。それに、死んでいないのに、葬式というのはどういうことだ」

「そんなにいっぺんにきかんでくれ。答えることができぬ。俺はまだ傷が完全に癒《い》えておらぬのだからな」

「ならば、順を追って話せ」

「もちろんだ。その前にちと薬湯を飲んでもよいか。喉が渇いた」

このときようやく、座敷内に強烈な薬湯のにおいがしみついていることに、左馬助は気づいた。重兵衛の枕元に薬缶が置いてあり、そこからにおいが発せられている。

おそのが重兵衛に湯飲みを持たせ、薬缶の薬湯を注ぎ入れた。湯気が立たないことから、冷めてはいるようだ。重兵衛が薬湯をぐいっとあおった。飲み終えて、いかにもまずそうに顔をしかめる。左馬助の横に座った輔之進が、気の毒そうに重兵衛を見ている。

重兵衛が唇を嚙み締め、震えを抑えるように体に力を入れる。

「ふう、苦いな。この苦さには、いつまでたっても慣れぬ」

「重兵衛にしては珍しく、弱音を吐くではないか」

「この薬湯の苦さを知らぬからだ。左馬助、一度、飲んでみるといい」

「わかった。いいだろう。ちょうど俺も喉が渇いていたところだ」

重兵衛がおそのに、左馬助に飲ませるようにいう。

「左馬助さま、大丈夫ですか」

「平気さ。まかしておけ。苦いのは苦手ではない」

「しかし左馬助どの」

危ぶみの声をだしたのは、輔之進である。

「それがしは少しだけ味見をしましたが、相当のものですよ」

「なに、かまわんさ」

左馬助はおそのに向かって手を伸ばし、薬湯の湯飲みを受け取った。口をつけ、ごくごくと喉を鳴らして飲んだ。ふう、と息をつく。

「どうだ、たいしたことはないぞ」

いった途端、いきなり喉の奥から苦みが這いあがってきた。あまりの苦さに、体に震えが走る。口がひん曲がりそうだ。

「どうだ、左馬助。すごいだろう」

「す、すまぬ。まさに重兵衛のいう通りだ」

息も絶え絶えに左馬助は答えた。おそのが、これをどうぞ、と水を注いだ湯飲みを渡してくれた。それを一息に飲んで、左馬助はようやく苦みが薄れてゆくのを感じた。

「ふう、なんともすさまじい薬だな。どんな薬草が使われているんだ。――いや、そのようなことはどうでもよい。重兵衛、先ほどの問いに答えてくれ」

承知した、といって重兵衛は、今から六日前に鉄砲に撃たれたことをまず話した。誰に撃たれたか、どうして狙われたのかは、まだわからないとのことだ。偽りの葬儀を行ったのは、重兵衛を狙い撃った者をおびきだすための策だったこと、実際に墓を暴きに来た者を捕らえそうになったが、逃げられたことなどを淡々とした口調で語った。

「それがしのしくじりでござった」

悔しげに輔之進が横からいった。すぐさま重兵衛がかばう。

「それは仕方あるまい。なにしろ敵は短筒を用意していたのだから」

重兵衛が左馬助に顔を向ける。

「ほんの一間もない距離で、敵は短筒を放ってきたらしい」

「一間。それを輔之進どのはよけてみせたということか。相変わらずすごいものだ」

左馬助は、それにしても、といって重兵衛にたずねた。

「誰がどういうわけで狙ってきたか、わからぬといったが、見当もついておらぬのか」

「一つ、関係しているのではないか、ということがある」

重兵衛が、岩波家という下諏訪宿の本陣に泊まった三人の大名がこの二年のあいだに変死したことを語った。

「この三人の大名は毒を飼われたようだ」

「毒蜘蛛の毒か」

「左馬助、どうしてそれを知っている」

左馬助は重兵衛と輔之進に、諏訪までやってきた理由を話した。

きき終えて、重兵衛が眉根を寄せる。おそのも心配そうにしている。

「白金堂でそんなことがあったのか」

「重兵衛、おぬし、日月斎という男のことは、知らぬよな」

「ああ、もちろんだ。初めてきく名だ」

「こんな顔をしている」

左馬助は、惣三郎からもらってきた日月斎の人相書を重兵衛に手渡した。

「おや」

重兵衛が声を発した。

「似ていますね」

これは輔之進がいった。

「誰に似ているんだ」

「朋左衛門という男です」

先ほどの重兵衛の説明によると、朋左衛門は重兵衛たちに捕らえられたことで自死したが、それまでは下諏訪宿で旅籠を営んでおり、三人の大名に毒を飼ったのも、この男ではないかと考えられているとのことだった。

「ふむ、日月斎と朋左衛門が似ているのか。二人は血縁と考えてよいのかな」

「おそらくそうでしょうね。日月斎という男はいくつくらいなのですか」

輔之進がきいてきた。

「それがよくわからんのだ。最初に見たときは三十前後に見えたが、実際はもっといっているようにも感じた。五十を超えていても、おかしくはない」

「朋左衛門も、そのくらいの歳でしょう。兄弟と断定して、かまわぬでしょう。朋左衛門は絶命するとき、兄者、とつぶやきましたゆえ」

「輔之進のいう通りだ。それは俺も耳にした」

重兵衛が眉をひそめた。

「その日月斎という男、気になるな。いったいなにを企んでいるんだろう。朋左衛門が三人の大名を殺したのも、日月斎という男の命があったからかもしれぬ。三人の大名を殺したことで、日月斎はどんな利を得ることになったのか」

「ああ、そうだ。言い忘れていた。日月斎が四人の男を殺したらしいのはさっきいった通りだが、その四人の男というのは、和泉守という者の手の者らしいんだ」

「和泉守というと、誰だろう」

重兵衛がいって首をかしげる。

「大目付に本多和泉守という者がいる。俺はこの男ではないかとにらんでいる」

そうか、と重兵衛が声をあげた。

「実は景十郎どのは、大目付の命で死んだ三人の大名のことを調べていたんだ。その大目付というのは、おそらくその本多和泉守さまのことだろう」

「うむ、つながってきたな」

左馬助はきらりと瞳を光らせた。

「となると、こたびのことは、公儀の上のほうの政争絡みということか。大目付は三人の大名の死を調べ、犯人を挙げることで、敵対している勢力を叩き潰したい。日月斎のほうはなんとしてもそれを阻止したい。むろん、日月斎の背後にも巨大な勢力がいるのはまちがいなかろう」

「本多和泉守さまと敵対している勢力というと、誰なんだ」

重兵衛にきかれて、左馬助は首をひねった。

「そこまでは知らぬ。俺は、どうにも公儀の要人たちの動きにはうといゆえ。門人たちにきけば、すぐにわかる事柄なのかもしれぬが。——いや、待てよ」

左馬助はわずかな引っかかりを覚えた。心の手がそれをがっちりとつかんだ。

「一つ思いだしたことがある。門人たちの噂話を小耳にはさんだだけゆえ、まちがっているかもしれんが、本多和泉守さまは、老中首座の松平備前守《まつだいらびぜんのかみ》さまと馬が合わぬというような話だったな」

「老中首座か。大物だな」

つぶやいて重兵衛が腕組みをした。

「老中首座が日月斎という男の背後についているかもしれぬのか。これは、やはり江戸に行かねばならぬな」

「だが重兵衛、その体ではまだ当分、動けぬだろう」

重兵衛が左馬助に微笑してみせる。

「すぐに治してみせる」

「おぬしがそういうと、本当のことにきこえるから不思議なものだ。わかった。それまで俺はじっと待っていることにしよう」

輔之進もおそのも穏やかな目で左馬助を見ている。重兵衛と一緒いると、心が凪《な》いでくるのはどうしてだろう。それに重兵衛の笑い顔は、見ているだけで気持ちが安らぐ。

結局は、と左馬助は思った。重兵衛のこの笑顔が見たくて、俺は諏訪まで足を運んだのだろう。

六

手が震える。

そのために文字が読みづらい。

この手紙は、これまで何度も読み返した。だが、悔しさはまったく薄れない。

ぎりぎりと日月斎は唇を噛んだ。朋左衛門はもうこの世にいない。二度と会うことはないのである。

興津重兵衛に殺られたとのことだ。実際には毒蜘蛛を胸に押し当てて潰《つぶ》し、自死したらしいのだが、朋左衛門を捕らえ、高島城の政庁に連れていこうとしたのは重兵衛とのことである。

連れていかれる前に、自白を怖れて朋左衛門は自死して果てたのだ。

朋左衛門が自死した直後、重兵衛は、朋左衛門の雇った吉良吉という殺し屋に鉄砲で撃たれたらしい。

今のところ、生死は不明という。

死んではいまい、と日月斎は思った。これまでの調べでは、重兵衛という男は実にしぶとい。そんなにたやすく、くたばるようなたまではない。

鉄砲の玉を食らったくらいでは、地獄へは突き落とせないだろう。

この手で重兵衛を殺す。毒蜘蛛を使うのではない。くびり殺すのだ。首の骨をへし折るくらいはしないと、やつを葬り去るのは無理だろう。

やつを亡き者にしない限り、この怒りは決しておさまらない。朋左衛門も成仏できはしないだろう。

日月斎はていねいに手紙を折りたたみ、懐にしまい入れた。この手紙は、鬼伏谷《おにぶせたに》の屋敷を預かっていた権造《ごんぞう》が送ってきたのだ。権造はつかまることなく、今も自由に動いているのである。

もっとも、権造は剣の腕が立つとか、なにか武術ができるとかいうわけではない。若い頃から目端も機転も利いた。日月斎は権造のそういうところを気に入り、若い頃に雇い入れ、歳を取ってからは鬼伏谷の屋敷をまかせていたのである。

あの屋敷の最も奥にある建物では、毒蜘蛛が育てられていた。信州の山で採れた薬草に、あの蜘蛛を殺して取った毒を少量まぜて、永輝丸はつくられているのである。

実に丹念につくられた薬なのだ。どんな病にも効かないはずがない。

しかも、できるだけ安くしている。庶民の薬といってよい。ただ、残念ながら、あの蜘蛛は、そんなに多くは育てられない。できる薬の量には限りがある。

それでも、これまでの売上で、松平備前守のうしろ盾となり、十分に守り立てることができたのではあるまいか。

それにしても、いつものことにすぎないとはいえ、備前守には待たされる。今あの男はこの世で最も多忙な男だ。

老中首座ゆえ無理もないが、呼びだされて待たされるのは、ときを無駄にしているような気がしてならない。いらいらする。この座敷に通されてから、もう一刻ほどになるのではないか。

落ち着け、と自らを諭し、日月斎は姿勢を正し、正面の襖を見た。一人の坊主頭の男が雲の湧く深山幽谷で座禅し、別の総髪の男がその下流で無心に滝に打たれているという絵が描かれている。

この襖絵がどういう意味なのか、日月斎は知らない。日々精進、日々修行という意味なのか。

あるいは、はなから意味などないのかもしれない。この襖絵を見たからといって、心が静まるようなことはなかった。

屋敷内は人の動きでざわざわと大気が揺れ動いている。数え切れないほど大勢の人が出入りしているのだ。自分と同じように座敷に通されて順番を待っている者だけでなく、これから長いこと待たされるのを覚悟の上で、老中の役宅にやってくる者も少なくないのだろう。

廊下を渡る足音がきこえてきた。徐々にこちらに近づいてくる。これまで何度も耳にしてきたが、いずれも部屋の前を通りすぎていった。今度も同じだろう、と期待をすることなく、日月斎はひたすら目を閉じていた。

だが、足音は部屋の前でとまり、音もなく襖があいた。松平家の家士が敷居際で一礼する。顔をあげ、日月斎に告げた。

「お待たせいたした。お会いになるそうにござる」

ようやくか、と日月斎はほっとした。立ちあがり、家士に続いて廊下を歩く。かなり奥まで進んだところで、家士が足をとめた。

「こちらにござる」

達磨《だるま》大師らしい二人の男が向かい合って座禅を組んでいる襖絵の前である。これまで数え切れないほどこの役宅には足を運んできたが、この絵は初めて目にした。つまり、この部屋にやってくるのは初ということだ。

「日月斎どの、お連れしました」

家士が襖越しに声をかける。

「入れ」

傲岸《ごうがん》さを感じさせる声が返ってきた。家士が襖をあけ、どうぞ、といって横にどき、日月斎をなかに入れる。

松平備前守はこちらに背中を見せ、文机に向かっていた。手紙を書いている様子だ。祐筆を使わないところをみると、密書の類《たぐい》かもしれない。

この男は、ほとんど人を信用することがない。おのれのためなら、平然と恩人も切り捨てる。

この男を松平家の養子に入れ、家督を継がせたのは、日月斎の手柄である。だが、そんな自分でも、いずれ抹殺されるかもしれない。そのおそれは常にある。この男に対し、警戒を怠ってはならない。

「座れ」

手紙を書きながら備前守がいった。日月斎は座布団をうしろに押しやり、畳に正座した。

「余はそなたに恩を受けている」

三千石の大身とはいえ旗本の三男から備前守が今の地位まで成りあがったのは、なんといっても日月斎の力が大きい。だが、どういうふうに答えればよいのかわからず、日月斎は黙っていた。

備前守が筆を置いた。こちらに向き直る。日月斎をしげしげと見る。

「待たせて済まなんだな。ふむ、ちと顔色がすぐれぬな。疲れているのではないか」

「いえ、そのようなことはございませぬ」

備前守が、ふふ、と笑いを漏らす。

「無理するな。朋左衛門が死んだらしいな」

「どうしてそのことをご存じなのでございますか」

「余は老中首座ぞ。その気になれば、なんでも入ってくるわ」

「畏れ入ります」

備前守が体を乗りだしてきた。顔が大きく、頬がたっぷりとしている。目は黒い飴玉がはめこまれているかのように、きらきらとした光沢を帯びている。耳だけがどうしたことか小さく、赤子のような大きさしかない。明らかに異相である。

こんな顔をした男が近づいてくると、さすがに迫力がある。だが、日月斎は体を引くことなく、じっと見返した。

「ふむ、そなたくらいのものよな。余に見つめられて、一歩も引かぬのは」

感心したように備前守がいう。日月斎は無言で頭を下げた。

「日月斎、そなた、永輝丸をのんでおらぬのか」

「いえ、しっかりとのんでおります」

「それでその顔色では、困るではないか。売れ行きに影響するぞ」

「もう少し量をのむようにいたします」

それでよい、というように備前守が小さくうなずく。

「そなたを呼んだのはほかでもない。もう承知の上だろうが、本多和泉守の動きがせわしい。小蝿《こばえ》のような男だ。始末しろとはいわぬ。始末したところで、どうせまた同じような輩《やから》が出てくるのはまちがいないゆえ。日月斎、余がいいたいことは一つよ。決してしっぽをつかまれるでないぞ」

「承知しております」

「よい返事だ」

声音はやわらかだが、備前守の目は逆に険しさを増した。

「それで、もう一つの件はどうなっている。興津重兵衛のことだ」

はっ、と日月斎は顎を引いた。

「自らの命と引き換えに朋左衛門が諏訪において狙いましたが、残念ながらしくじったようにございます」

備前守が眉間にしわをつくる。

「例のお方から急《せ》かされている。日月斎、早く興津重兵衛を始末しろ」

「承知いたしました」

日月斎は畳に手をつき、額をすりつけるようにした。とはいっても、今のところは吉良吉に期待するしかない。

吉良吉という男は、朋左衛門によれば、依頼主が死んでも仕事は必ず遂行する男とのことだった。

今はそれを信用するしかない。吉良吉がもししくじれば、重兵衛は必ず江戸に戻ってくるにちがいない。

心中で日月斎は深くうなずいた。

自分の出番はそのときだ。

第二章

一

他者を巻き添えにすることはない。

狙った者だけを殺す。それが吉良吉の信条である。

だから、わざわざいわれるまでもなく、重兵衛のそばに常に張りついているおそのを傷つけることはない。むろん、殺すことなどあり得ない。殺るのは、興津重兵衛だけだ。

生きていることを確信したとはいえ、どうしていまだにやつがこの世にいるのか、今もって吉良吉には不思議でならない。先目当《さきめあ》てに重兵衛の姿をとらえ、狙い澄まして放った玉は、左胸になぜか当たらなかったということなのだろう。長年、この仕事に携わってきた者として認めたくはないが、こちらの腕が未熟だったのである。

吉良吉は腰にぶら下げている手ぬぐいをつかみ、ほっかむりしている顔の汗をふいた。天の舞台にあがってまだ間もない太陽はすでに燃え盛っており、ほっかむりくらいでは頭がじりじりと焼かれるのを防ぐことはできないが、それでも、しないよりはずっといい。熱をたっぷりと含んだ地面からは、もわっとした大気が立ちあがり、体をじんわりと包みこむ。

江戸とは異なり、大気にほとんど湿気はないから、日陰に逃げこんでしまえば涼しいのだが、吉良吉にその気はない。際限なく出てくる汗は、すでにぐっしょりと着物を重く濡らしている。

よっこらしょ、とかけ声を発して吉良吉は籠《かご》を背負い直した。籠のなかには、さつまいも、かぼちゃ、茄子《なす》などが入っている。どれもほんの四半刻ばかり前に、畑で真っ黒になって働いている百姓衆から購《あがな》ったものだから、新鮮そのものだ。

背中の重みをむしろ楽しみつつ、吉良吉は歩きだした。目指すのは興津屋敷である。

つと、道の向こうから、武家に奉公しているらしい若い女と、やや歳のいった女が肩を並べて歩いてきた。二人は吉良吉を見て、あら、ちょうどいいわ、ええ、本当ね、という会話をかわした。年かさのほうの女が歩調を早めて近づいてきた。

吉良吉はいやな予感がし、手近の路地にもぐりこもうとしたが、残念ながら、姿を隠せる場所などどこにもなかった。きびすを返して逃げだすわけにもいかず、ちっ、と心中で舌打ちした。臨機に対応できない自分に腹が立つ。こんなざまで、重兵衛を殺ることができるのか。

「あの、もし」

案の定、年かさの女が声をかけてきた。吉良吉はきこえないふりをして、女の横を通りすぎようとした。

「あの、もし」

ずっと大きな声でいわれ、さすがに顔をあげないわけにはいかなくなった。

「はい、なんでしょう」

「そのかぼちゃをいただけますか」

籠を指さし、女がやさしい声音でいう。

「相すみません。もう先約がありますんで、こちらは駄目なんです」

素早くほっかむりをはずし、吉良吉は小腰をかがめた。ここで顔を見られるのは得策ではないが、重兵衛を始末したあと、尻をまくって逃げだすつもりでいる。女をなめてはいけないが、ここで顔を覚えられたからといって、たいしたことにはならない。

「あら、そうなのですか」

残念そうにいって女が籠をしげしげと見る。

「私たちがほしいのは、一つなんですけど」

籠には形のよいかぼちゃが五つ入っている。ここで意固地になる必要はないと吉良吉は判断した。にこりとしてみせる。

「わかりました。一つなら、お譲りいたしましょう」

ただし、この調子で籠が空になるほど売るわけにはいかない。百姓の格好をした意味がなくなる。

「ありがとう、助かるわ。おいくらかしら」

「へえ、八文です」

これは百姓から買ったそのままの値である。

「安いのね。ありがたいわ」

女が頬を柔和にゆるませる。

「この辺の方々にはいつもお世話になっておりますので、いつもお安くさせていただいています」

「でも、あまり見かけない顔ね」

若い女が吉良吉を見つめていった。

「いつもは、弟がこの界隈をまわっているんですよ。今日はちょっと体の具合が悪いってんで、あっしが代わりにやってきたんです。お得意先に届ければいいからって、いわれて」

「あら、それなら、私たちにかぼちゃを売ってしまって大丈夫なの」

年かさの女が案じ顔できく。

「ええ、一つならなんてことはありません。お得意先には、かぼちゃは四つ届けてくれればいいっていわれていますから。この一つは、もしなにかの拍子に他のかぼちゃが駄目になった場合の備えです。売れ残ったら、家で食べるつもりでした」

「ああ、そう。それならよかった」

吉良吉は、進み出てきた若いほうの女にかぼちゃを手渡した。年かさの女が代を支払う。

「なんて立派なかぼちゃでしょう」

若い女がほれぼれとした様子でいった。

二人の女は吉良吉に礼をいって、いま来たばかりの道を戻ってゆく。若い女のほうがうれしそうに、ためつすがめつかぼちゃを見ているのが、吉良吉にはなんとなくほほえましかった。

なに、にやついているんだ。吉良吉は自らを叱った。こんなことでどうする。

吉良吉は手早くほっかむりをするや、道端に置いた籠を背負い、再び歩きはじめた。

大身の禄をもらっているらしい武家屋敷の角を曲がる。ここが最後の角である。ここを入れば、興津屋敷が視野に入ってくるはずである。

予期した通りだ。興津屋敷の母屋の屋根が見えている。半町ばかりの距離を置いて、吉良吉は足をとめた。これ以上は近寄る気はなかった。なにしろ、あの屋敷には輔之進がいるのだ。あまり近づきすぎると、こちらの気配を気取られかねない。

自分は重兵衛を殺そうとしている身であり、向こうにとっていやな気を放っているに決まっている。その気を輔之進が覚らないはずがない。こちらの気配をとらえるやいなや、屋敷を飛びだしてくるだろう。

まだ日があがって間もないこの明るいときにやつに追われたら、今度こそ逃げ切れまい。短筒は今日も懐にしまい入れているが、また玉をよけられるかもしれない。

いや、今度は余裕を持って輔之進は避けるのではないか。興津屋敷に近づくのは、この半町という距離が限度だろう。このくらいあけておけば、いくら輔之進といえども、こちらの気配を感じ取ることはあるまい。

籠を地面におろし、なかの蔬菜《そさい》の様子を確かめるような顔つきで、吉良吉はさりげなく興津屋敷を眺めた。

あまり広い屋敷ではない。どこにでもある、小禄の武家屋敷といってよい。屋根の形から、母屋は『コ』の字型をしているのがわかる。庭はさして広くはないが、今はどこの武家も似たようなもので、畑になっているのではあるまいか。大木は、ぐるりをめぐる塀の際に何本かあるだけで、母屋に枝がかかるようなものは一本もない。塀は高くはない。せいぜい半丈ばかりだろう。子供でも乗り越えられる高さだ。

それにしても、あの屋敷のどこに重兵衛はいるのか。やつの傷はまだ治りきっていないはずだ。屋敷のどこかの部屋で、横になっているにちがいない。

吉良吉はほっかむりのなかの顔をゆがめた。やり損ねたのだ、という思いがさざ波のように心のなかを苦く広がってゆく。どうして玉は重兵衛の心の臓を貫かなかったのか。狙い通り左胸に当たっていれば、今頃、自分は江戸に戻っているのではないか。なじみの店で、昼間から酒を食らい、女を抱いている。

もしかすると、と吉良吉は、丸々としたさつまいもを手に思った。あのとき重兵衛は鉄砲の音を耳にするや、狙われていることを覚り、玉が当たる瞬間、わずかに体をねじったのかもしれない。そのせいで、玉は左肩に当たったのか。玉は骨にかすることなく、貫通したのではないか。

吉良吉はそんな気がしてならなくなった。鉄砲の音をきいて重兵衛が体をねじったのは運ではないが、骨を傷つけることなく玉が突き抜けるなど、恐ろしいほどの強運の持ち主といってよい。

それだけの運の持ち主を亡き者にしなければならないのだ。最初から、重兵衛という男をもっとよく調べるべきだった。そうすれば、いくら運が強いといっても、しくじるようなことはなかった。

長年、殺し屋という職を続けてきて、慣れが出てきているのだろう。前はこうではなかった。標的のことは前もってじっくりと調べ、その上で確実に殺していた。

自分の腕に慢心し、それをしなかったから、またも重兵衛という男を狙う羽目になった。しかも今度は、朋左衛門が死んだ前回よりも狙うのはよほどむずかしい。警戒の度合があまりに異なる。

さて、どうやって重兵衛を狙うか。とにかく、重兵衛が屋敷のどこで養生しているか、それを知らなくては話にならない。

どうすればわかるか。

重兵衛が今すごしているのは日当たりのよい場所であるのは、まずまちがいないだろう。陽射しが入りこめるのならば、狙う機会は確実にある。

南東の角に面している部屋か。それとも、その隣の南側の部屋か。暑いのをきらって、西側の部屋かもしれない。西日がいやで、東側の部屋にいるかもしれない。ここで眺めているだけでは、埒《らち》があかない。

吉良吉は籠をあらためて背負い、道を戻りはじめた。どうすれば、やつが養生する部屋がわかるだろうか。外から見える場所がないか。一本の木が目にとまった。角に建つ大身の武家の屋敷である。長屋門のそばに欅《けやき》の大木が立っている。興津屋敷からは、ちょうど一町ほどになろうか。

木の高さは優に七丈はある。厚い葉を存分に茂らせ、ますます猛りつつある太陽の光を鈍く弾き返している。あれだけ樹勢が盛んなら、太い枝に座りこむ自分の姿をきっと隠してくれるにちがいない。

二つの蔵が敷地の奥に建っている。あのなかにはいろいろとお宝がしまわれているのだろうか。大身の武家屋敷からは、物音一つきこえない。静謐という幕で屋敷がすっぽりと覆われているかのようだ。本当に人が暮らしているのか、と疑いたくなる。

それでも、台所で女中が働いているのか、食器が触れ合う音がかすかに響いてくる。物音はそれしかきこえない。

こちらの塀も興津屋敷と同じく、さして高くはない。吉良吉は、うーんと伸びをするようなふりをして背伸びをし、塀越しに屋敷内を見渡した。

最初に母屋が目に飛びこんできた。この暑さのせいで障子や襖はあけ放たれているが、どこにも人の姿は見えない。庭の草木の手入れをしているような者もいない。

――これならいける。一瞬で判断し、道の左右を見た。誰もいない。

吉良吉は籠を手にするやそれを塀の向こうに放り投げた。同時に地を蹴り、塀に手をつき、一気に跳び越える。やわらかな地面に着地し、籠を躑躅《つつじ》らしい茂みの裏に隠した。飛び散ったかぼちゃやさつまいも、茄子を拾い集め、同じ場所に置く。庭に出てきた者がいるとしても、これで目につくことはない。

視線を母屋に走らせ、誰もいないことをあらためて確かめた。茂みや木の陰に身をひそめつつ、塀際を一気に駆け抜けた。かすかに耳を打つのは、自分の息づかいである。

吉良吉は、目当ての欅の大木を見あげる位置までやってきた。しゃがみこみ、あたりの気配をじっとうかがった。もっとも、ここまで誰にも見られていないという確信がある。すぐそばに建つ長屋門に人けはない。この屋敷のあるじはすでに出仕中で、中間たち供の者も一緒に城についていったのだろう。

心のなかで一つうなずいた吉良吉は欅に歩み寄ると、幹に手をつき、なじませるよう木の肌を強くなでたあと、するするとのぼりはじめた。幼い頃から木登りは得手にしている。それは齢《よわい》を重ねた今も変わっていない。

あっという間に、欅のてっぺん近くまで来た。葉のあいだから顔をのぞかせ、興津屋敷が見えるか、確かめる。

——よし、これならいける。

予期した以上によく見える。眼下に望む興津屋敷に部屋がいくつあるのかわからないが、日当たりのよさそうな部屋は限られている。せいぜい三つというところだ。障子や襖は、狙い撃たれるのを怖れてか、すべて閉めきられている。

ここからなら、まちがいなく殺れる。さっき、この欅の下を通りすぎたばかりだが、そのときは、まさかこれほどまでとは思わなかった。

興津屋敷の奥のほうから若い女があらわれ、濡縁に沿った廊下を歩きはじめた。膳を捧げ持っているようだ。膳に邪魔されてよく見えないが、あれはお以知とかいう女ではないか。輔之進の妻の吉乃についている侍女である。お以知が廊下の角を曲がった。そのために、顔がよく見えるようになった。お調子者らしい顔をしているのが、一町の距離を隔てていても、はっきりとわかった。

あの膳は、誰に持っていこうとしているのか。この刻限なら、朝餉しか考えられない。

吉良吉の胸は高鳴った。答えは一つしかあり得ない。ほかの者は台所近くの部屋で食しているはずだ。わざわざ朝餉を持っていかなければならない者は、あの屋敷には一人しかいない。

お以知の足がとまった。あそこか。いちばん南の部屋である。お以知が声をかけたのが知れた。なかから襖があけられ、若い女が新たに顔をのぞかせた。あれは、おそのという重兵衛の許嫁である。まちがいない。あの部屋に重兵衛は寝ているのだ。

むっ。吉良吉は目を凝らした。外が明るすぎるせいで部屋は特に暗いが、布団の上に上体を起こしている男の姿がわずかに見えた。

瞳にさらなる力が入る。顔は襖の陰に入ってしまっており、まったく見えないが、まちがいなく重兵衛だろう。ここに鉄砲を持ってこなかったおのれを吉良吉は責めたくなった。懐の短筒では、一町の距離を狙うのはさすがに無理だ。

だが、仮に鉄砲を所持していたとしても、いきなり狙ったところで、うまくいくはずはない。やはり、どんなときでも準備は必要なのである。

それに、この場所からいま重兵衛が寝ているところを狙い撃っても、命を奪うことはできないだろう。見えているのは、主に足のほうでしかない。腹に玉を撃ちこんでも殺せないことはないが、やはり頭を撃つのが最もよい。石榴《ざくろ》のように割ってやるのだ。

膳を受け取ったおそのがお以知に笑顔を向けてから、座敷に姿を消した。おそのに代わって、一人の男がいきなり襖のあいだから顔を突きだしてきた。それが輔之進であるとわかって、吉良吉はどきりとした。

廊下に出て、うしろ手に襖を閉めた輔之進は、廊下に立つお以知に礼をいっている様子だ。お以知が恐縮したように頭を下げ、廊下を戻ってゆく。お以知を見送ってすぐに襖をあけるかと思ったが、輔之進は顔をあげ、じっとこちらを眺めはじめた。眉根を寄せ、厳しい表情をしている。輔之進が強い視線を当ててきているのは、この欅である。

こいつは、と吉良吉は輔之進から目をはずして思った。あまりに長く興津屋敷を見つめすぎたか。もしかすると、ここにひそんでいることを気づかれたかもしれない。

だからといって、こちらがいま動くのは得策ではない。輔之進が気づいていないことも、十分に考えられるのだ。それなのに動いたりしたら、ここにいることを輔之進に教えることになる。

今はひたすらじっとして気配を消し、輔之進が気づいていないことを願うしかできることはない。

その願いが通じたか、不意に輔之進が襖をあけて座敷に引っこみ、素早く襖を閉めた。木の上でなかったら、へたりこみたくなるほどの疲労が体を包みこんだ。やつは本当に疲れる男だ。吉良吉は盛大なため息を漏らした。背中をぐっしょりと汗が濡らしている。額に浮き出た、ひどく粘りけのある汗をぬぐった。

ここは駄目だな、狙うのは無理だ、と吉良吉はあっさりと見切りをつけた。考えてみれば、興津屋敷を狙い撃つのに絶好の場所に、あの輔之進が目をつけないはずがない。重兵衛の居場所がわかっただけで、今は収穫とするしかない。

不意に、なにかいやな感じが全身を襲った。はっとする。

――まさか。

新たな汗が背中を流れはじめた。どうしてか、輔之進の走っている姿が脳裏に映りこんだのだ。あの男は今、ここに向かって走っているのではないか。そんな気がしてならなくなった。

あの男は、本当はこちらに気づいたのではないか。気づかないまでも、なにか気配を感じたのかもしれない。欅の木を確かめる気になったが、気づいたことをこちらに知らせないように素知らぬ顔で襖を閉め、興津屋敷をひそかに抜け出たのではあるまいか。

――ここにいてはまずい。

吉良吉は欅を降りはじめた。のぼるときは猿のようにあっという間にてっぺんに着いたのに、気が焦るせいか、なかなか地上が近づいてこない。

今にも輔之進があらわれそうで、気が気でない。焦るな、と自らにいいきかせるが、手足の動きはぎごちないままだ。欅の高さがねたましい。

ようやく地面に足が着いた。塀沿いに走りかけたが、道に近いために、気配を気取られるおそれがあると吉良吉は判断した。危険を承知で庭を突っ切る。庭もあきれるほど広かった。ようやっと母屋が迫ってきた。

姿勢を低くし、縁の下に入りこむ。宏壮な建物だけに、床下は三尺ばかりの高さがある。いくつもの蜘蛛の巣を破って、太陽の光が届かない奥まで進んだ。太い柱の陰にうつぶせになり、外をうかがう。土は湿りけを帯びており、かび臭さがひどい。だが、今はそんなことを気にしている場合ではない。

だが、いつまでたっても輔之進はやってこない。これはどういうことなのか。妙だと思いつつも、吉良吉は四半刻ばかり、床下にもぐりこんだままでいた。

輔之進は姿をあらわさなかった。つまり、こちらに向かってくると思ったのは、勘ちがいにすぎなかったのか。この結果を見ると、そうであるとしか考えられない。

輔之進は欅の気配に気づかなかったということか。だからといって、先ほどの欅を二度と使う気はない。けちがついた場所で仕事がうまくいくはずがないのだ。新たな場所を見つけださなければならない。

——ここならどうだろうか。

夜のとばりが降りるなか、無住の神社らしい本殿の小さな屋根がうっすらと見えている。屋根はあまり高くないが、重兵衛を狙うのに、朝方の欅のような高さはいらない。こんなに小さな神社でも諏訪社であるらしく、隅に四本の御柱《おんばしら》が立っている。境内には、大木と呼ばれるにはこれから数十年の時を刻まねばならない杉の木が多数、植わっている。

吉良吉は本殿の屋根にのぼってみた。欅の大木のある大身の屋敷に邪魔されて、興津屋敷はほとんど見えない。特に邪魔しているのは二つの蔵である。

輔之進がやってくるのではないかという思いから欅を降りた吉良吉は、験直《げんなお》しのつもりでいったん興津屋敷のある武家地をあとにしたのだ。輔之進は来なかったとはいえ、なにか気持ちが悪かった。

暗くなるのを待って吉良吉は再び武家地に足を踏み入れた。小さな杜《もり》を見つけ、この狭い境内にやってきたとき、どうしてか、やれるのではないか、という気持ちが心の底から湧《わ》いてきた。今もその気持ちは薄れていない。

このちっぽけな神社から興津屋敷の塀までの距離は二町半ばかり。重兵衛が寝ている部屋とは、二町と三十四間といったところだろう。ふつうの鉄砲では人を殺すなどできるはずがないが、吉良吉の鉄砲なら玉薬の量を多くすれば、なんの問題もない。それだけの力を愛用の鉄砲は備えているのだ。なにしろ、最上の鉄砲鍛冶《かじ》に特別につくらせたものだから。筒先を飛び出て二町と三十四間を越えた玉は、重兵衛の頭を軽々と割るだろう。

実際のところ、狙うにしても、こんなに離れていては重兵衛の姿が見えないのは確かだ。だが、自分の目は人とはちがう。先目当てを通じて見れば、人の顔ははっきりと見えてくる。顔さえ見えれば、重兵衛はまちがいなく殺せる。

吉良吉は自らの勘を信じて、広いとはいえない本殿の屋根の上を歩きまわり、何度も這いつくばっては興津屋敷のほうを見やった。そして、ここならばいける、という場所をついに見つけだした。

大身の屋敷には蔵が二つあるが、ぴったりと寄り添うようにつくられた蔵同士の隙間から、ちょうど重兵衛の部屋が見える場所がこの屋根上にあることに気づいたのだ。角度の問題で、ここに来なければわからない。蔵と蔵とのあいだにはほんの一尺ほどの隙間があるにすぎない。そのため、この一点からしか重兵衛の座敷は見えない。

だが、一尺の隙間があれば、重兵衛の頭を撃ち抜くには十分すぎるほどである。この隙間のことは、屋敷から距離があることもあって、さすがの輔之進も気づいていないのではないか。興津屋敷からでは、蔵と蔵とのあいだにある一条の筋にしか見えまい。

明日、ここから重兵衛を狙う。吉良吉は決意した。問題が一つだけある。重兵衛があの部屋を動いていないかということだ。

だが、今はそのことは考えないことにした。ここを見つけたということは、必ず成功するのを天が保証してくれたようなものだからだ。

ただ、最後に一工夫が必要である。城下で買物をしなければならない。だが、刻限は六つ半をすぎている。もう目当ての店は閉まっているだろう。買物は明日でよい。

満足しきって吉良吉は屋根を降り、隠れ家に向かって歩きはじめた。途中どこかで食事をとり、湯にゆっくりと浸かる必要がある。明日に備えて、英気を養わなければならなかった。

二

はっとして目が覚めた。

もう夜が明けようとしている。まだ外は暗いようだが、うっすらとした白色が障子に映りこんでいる。目覚めの早い鳥たちも、樹間を飛びまわりはじめていた。

隣で妻の吉乃はぐっすりと眠っている。こちらに顔を向けているが、天女のようなほほえみを浮かべていた。腹はまだ目立たないが、確実に新しい命は育っているのだろう。輔之進は楽しみでならない。

だが、それも重兵衛を守りきってこそいえることである。重兵衛を死なせてしまっては、赤子が生まれてきても、楽しみは半減する。輔之進は、重兵衛に赤子を抱いてもらいたいのだ。名付け親にもなってほしい。

さっきまで、夢を見ていた。吉乃とは異なり、とてもいい夢とはいいがたい。昨日の朝のことが、よみがえってきたのだ。近所にある中老屋敷に立つ欅のことである。

昨日の朝、お以知が重兵衛の朝餉を持ってきて、おそのが受け取ったとき、なんとなくいやな視線を覚えたような気がして、輔之進は廊下に出た。すぐに欅が目に飛びこんできた。あの欅はこの屋敷を見おろすのには格好の位置にあり、前から気にかかってはいたのは事実だが、中老の屋敷にあることもあって、どうすることもできずにいた。まさか、伐採してくれと頼むわけにもいかない。

じっと眺めていると、なにかがあの欅にひそんでいてこちらを見ているのではないか、という気がしてきた。いやな視線はそれではないか。輔之進はなにげない顔を装って部屋に入り、襖を閉めた。重兵衛とおその、左馬助に、ちょっと出てきます、すぐに戻ります、と断って反対側から部屋を出、裏口から屋敷を抜けた。それから、物陰を選んで中老の屋敷を脱兎《だっと》のごとく目指した。

だが、欅まで行き着く前に、気配が消え失せた。何者かはこちらの動きに気づき、欅を降りたのであろう。それでも、まだ遠くに行っていないのはまちがいなく、捜しだせるのではないかと考えたが、正直なところ、果たして見つけだせるか、心許ないものがあった。姿を隠そうと思えば、このあたりの武家地にはそういう場はいくらでもある。

それよりも、こちらが何者かの気配に気づいたことを気づかせぬほうがよいのではないか、と思ったこともあって、輔之進は大身の屋敷に足を踏み入れることなく、興津屋敷に急ぎ引きあげたのである。

今こうして寝床に横になって思い返しても、あのときの判断はまちがっていなかったように思う。欅にひそんでいた何者かは、あそこでなにをしようとしていたのか。鉄砲で重兵衛を狙おうとしていたのか。

だが、あの欅は興津屋敷を見おろすのにこれ以上ない位置にあるというだけで、座敷内にいる重兵衛の姿がはっきりと見えるわけではない。

あるいは、物見のために欅にのぼっただけで、昨日の朝は、はなから重兵衛を狙う意図はなかったのかもしれない。

だが、少なくとも、重兵衛がどの部屋にいるかは知られた。屋敷に引きあげてきた輔之進は重兵衛の座敷を訪れ、欅の賊のことを告げた。

「部屋を変えられたほうがよいのではありませぬか」

進言したが、重兵衛は笑ってかぶりを振ってみせた。

「輔之進は、俺を撃った男を今度は必ず捕らえてくれるのだろう。その男はきっとまた俺を狙ってくる。そのとき、ここに俺がいたほうが捕らえやすいのではないのか」

「義兄上は、おとりになるとおっしゃるのですか」

「そんな大袈裟なものではない。俺が動かぬほうが、賊のひそむ場所の見当を輔之進がつけやすいと思ったまでだ。――本音をいえば、狙い撃ちにされるのを怖れて部屋を変えるなど、業腹ということだな」

その重兵衛の言葉をきいて、おそのも心配げな顔をしたが、なにもいわなかった。ただ、すがるような眼差《まなざ》しを輔之進に向けてきた。そのとき輔之進は大丈夫ですから、というようにうなずいてみせた。

「あなたさま、どうされました」

横から声が発せられた。顔を向けると、枕に頭を預けたまま吉乃が輔之進を見つめていた。瞳がきらきらとして、息をのむほどまぶしい。

「どうとは」

「いえ、なにか考え事をされているご様子なので」

「昨日のことだ」

「ああ、欅の賊のことですね」

吉乃が腹をかばうように上体を起こした。

「賊は、必ずまた重兵衛さまを狙ってまいりましょう。そのつもりで欅にのぼったにちがいありませんから」

輔之進は布団の上に起きあがり、あぐらをかいた。夫婦のこの部屋は六畳間だが、輔之進の文机以外、ほとんど家財が置いていないだけに、より広く感じられる。二人きりですごすことも多く、輔之進たちはこの部屋にもずいぶんとなじんできた。

「だが、俺には、あの欅から義兄上を狙うとは思えぬ」

「どうしてでございますか」

小首をかしげてきく。そんな仕草もたまらなくかわいらしい。

「あそこからでは、座敷に横になっておられる義兄上の姿はほとんど見えぬ。義兄上を撃った賊は、殺しに用いる得物は、鉄砲をもっぱらにしているにちがいあるまい。そういう男が、あのようなところから果たして狙ってくるものか。もっと確実に殺れるところを選ぶのではあるまいか」

「重兵衛さまは、まだ座敷を動けませぬ。動かれる気もないとのことでしたね。鉄砲を得物にしているその賊は、座敷にいらっしゃる重兵衛さまを亡き者にしようと狙っているのでございましょう。どこか狙うのに、絶好の場所があるのではありませんか」

輔之進は首をひねった。

「そう考えて、昨日、屋敷のまわりを何度もまわってみたが、これという場所を見つけることは、かなわなんだ」

「それでもあなたさまは、賊は、座敷の重兵衛さまを鉄砲で狙ってくるとお考えなのですね」

「うむ、その通りだ」

「ならば、きっとどこか、まだあなたさまが見つけていない場所があるのですわ。賊はそこから、重兵衛さまを狙うつもりでいるはずですわ」

「俺がまだ見つけていない場所か」

輔之進はかたく腕組みをした。

「ちょっと出てくる。義兄上にも、その旨を伝えてまいろう。もう起きていらっしゃるだろう。寝ているのにも飽き飽きされたらしくて、朝がずいぶんと早くなったとおっしゃっていたゆえ」

案の定、まだ横になったままではあるが、重兵衛は目を覚ましていた。輔之進を見て、ゆっくりと起きあがる。いつものように、おそのが重兵衛の手伝いをする。おそのは例の苦い薬湯を沸《わ》かしていた。そばで薬缶が音を鳴らしはじめている。

隣に部屋をもらっている左馬助が、重兵衛の枕元に座っていた。

「おう、ちょうどよい。輔之進どの」

左馬助が手招く。輔之進は一礼して、左馬助の隣に正座した。

「賊がどこから重兵衛を狙う気でいるのか、話していたんだ。輔之進どのは、どこからだと思う」

輔之進は深くうなずいた。

「そのことはそれがしも思い、今から探しに行こうと思っていたのです。このあたりでは、あの欅以外、鉄砲で狙い撃つのに格好の場所は見当たらないのですが、どこか見落としている場所が必ずあると、吉乃に厳しくいわれまして」

「さすがは吉乃どのだな」

重兵衛がにこにこしてほめる。

「相変わらず目の付けどころがよい」

「俺も一緒に行きたいところだが、重兵衛の警護をしていたほうがいいのだな」

左馬助が輔之進にきく。

「いえ、賊が今も鉄砲を用いるつもりでいるのなら、それがしとしては、左馬助どのに一緒に来ていただいたほうがよいと思います。それがしには慣れた景色ですが、左馬助どのにはまだ新鮮で、それがしの目に映らぬなにかがお目に入るかもしれませぬ」

「うむ、輔之進のいう通りだ。左馬助、一緒に行ってこい」

「本当にかまわぬのか」

左馬助が重兵衛に念を押す。

「かまわぬ。まさか斬りこまれることもあるまい」

「斬りこんでくるかもしれぬのか」

「そのおそれはほとんどあるまい。左馬助、ぐずぐずせんで、さっさと行ってこぬか。もし斬りこまれたとしても、おぬしたちが駆けつけるまで持ちこたえられる自信はある。案ずるな」

そこまで重兵衛にいわれて、左馬助も納得したようだ。

「よし、輔之進どの、まいろう」

輔之進と左馬助は連れ立って外に出た。もうだいぶ明るくなってきている。太陽はまだ東の山を乗り越えてはおらず、姿は見せていないが、空は青みを帯びていた。

「なんて透き通っているんだろう」

空を眺めて左馬助が感動を隠さずにいう。

「江戸では決して見られぬ空だな。江戸の空はどうして諏訪と同じ空にならぬのか。気候のちがいも大きいのだろうが、やはり江戸は人が多すぎるのであろう。それに、とにかく砂埃《すなぼこり》がすごいからな。そんなこんなで大気が濁るから、ここほど澄んだ空にはならぬのだ。もっとも、俺も三河《みかわ》から江戸に出てきて、大気を濁しているうちの一人だ。えらそうなことはいえんな」

輔之進と左馬助は、興津屋敷のまわりを連れ立って歩いた。もちろん、北側から狙うのは無理だから、南側を主に見た。

「鉄砲の射程はどのくらいあるんだ」

左馬助がきいてきた。

「どうも俺は剣ばかりやっているせいで、鉄砲にはうといんだ」

「それがしもそれほど詳しいわけではありませぬが、射程についてはいろいろといわれていますね。五町以上も玉が飛ぶという人もいれば、二、三町程度だという人もいます。実際に人を殺したり、傷つけたりできる距離は一町以内というのが通説のようですね。一町もなく、せいぜい半町程度という人もなかにはいるようですが」

「一町だとしたら、あの欅は放ち手にとってはちょうどよい距離だな」

左馬助が眺める。輔之進も見やった。昨日は厳しい陽射しを浴びて葉が鈍い光を放っていたが、今日はまだ夜明けをすぎて間もないこともあり、どこか欅の木はしおれているように見える。昨日の樹勢の盛んさは、今のところうかがうことはできない。

「ええ、距離だけは」

「確かに、あの欅からでは、座敷にいる重兵衛を亡き者にはできんな。もう少しなにか工夫が必要だ」

「玉薬を多くすれば、もっと長い距離を射抜くこともできるらしいのですが」

「長い距離というと、どのくらいかな」

「一町半から二町のあいだです」

「だが、二町も離れてしまえば、人の顔などわからなくなってしまうだろう」

「そうですね。しかし、心が研ぎ澄まされたとき、人というのは意外な力を発揮するものです。それまで見えていなかったものが、はっきり見えることがありますし」

その通りだ、といって左馬助が大きく顎を動かした。

「年に何度もあるわけではないが、俺にもときおり不思議なことが起きる。たとえば他道場との試合のとき、相手がどういうふうに動くか、事前にすべてわかってしまうことがあるんだ。先手先手を奪えるから、試合うのは楽なものだ。あんな境地に常にいられたら、俺は負け知らずでいられるな。もっとも、そういう境地に常にいる人が、名人とか達人とかいわれるのだろうが」

「まったくその通りですね。いま義兄上を狙っている者も、人とは異なるそんな力を有しているのかもしれませぬ」

「おそらくまちがいないだろうという気がするな。一度、曲がりなりにも重兵衛に玉を当てている。命を奪えぬまでも、重兵衛に重い傷を負わせるなど、相当の技量の持ち主でないとできる業ではない。そういう者ならば、とんでもない鉄砲を所持しているのだろうな。名人ほど道具を選ぶというし」

「射程も相当のものであるのは、まちがいないでしょう」

「ならば、二町はいけるかな」

「かもしれませぬ」

「それなら、二町ほどの場所にあるところもくまなく調べなければならんな。といっても、人が体をひそめ、鉄砲を狙い撃てる場所など、そうそうありそうにないな」

左馬助が指をさす。

「この大きな屋敷は中老の屋敷とのことだったな。そこの蔵の屋根はどうだ。距離としては一町半というところだが」

輔之進は顔を動かし、蔵を眺めた。大きな蔵が二つ、敷地の西側の隅に並んでいる。あれだけの蔵を二つも持てるなど、中老をつとめる家というのはいったいどれだけの財を蓄えられるのだろう、と思うが、今ここで考えることではない。

「狙うことは十分にできるでしょうね。あの屋根から狙うとして、放ち手はどういう姿勢を取るのでしょう」

「屋根に伏せて、ではないか」

「そうでしょうね。だが、あの屋根上では、伏せていても義兄上の座敷から、頭が見えてしまうでしょう。姿を隠してくれるものがなにもありませぬゆえ。しかも、見つかったとき、あの高さでは飛びおりるわけにはいきませぬ。梯子《はしご》をかけておくという手もありますが、それも屋敷の者に見咎められるおそれがあります。おそらくこたびの賊は、姿も隠してくれず、逃げ場もない場所から狙うというような真似はせぬのではないかと」

「となると、あとは木か。それも姿を隠してくれるのなら、存分に枝葉を茂らせた大木ということになるか」

左馬助が手を伸ばす。

「あの杜は」

中老の屋敷の向こうにある、こんもりとした林を左馬助は見つめている。

「あれも諏訪社の一つです。土地の者が守っている神社です」

「無住なのか」

「ええ、さようです」

「行ってみるか」

輔之進は左馬助とともに歩を進め、こぢんまりとした諏訪社の境内に入った。

「狙い撃つのに都合のよさそうな大木はないな」

左馬助がまわりを見渡していう。境内には多くの杉の木が植えられているが、人が姿を隠せるような大木は一本もない。それに、仮にのぼったところで、中老屋敷の建物群が視界を大きく邪魔しているはずだ。

「ふむ、ここからだと屋敷まで二町半はあるか。ふつうの者なら、決して狙い撃つなどできぬだろうが」

言葉をとめた左馬助が、なにかにじっと視線を当てている。輔之進が視線を追うと、小さな本殿を見つめていた。

「その屋根はどうかな。狙えるかな」

「のぼってみましょうか」

輔之進は境内を見まわした。参詣《さんけい》の人は一人も見えない。今なら、咎められることはないだろう。

「よいのか。諏訪家の者が諏訪社に対し、そんな不敬をしても。輔之進どの、俺がのぼろう」

「しかし」

「俺は小さな頃から屋根にのぼるのが好きでな、よく父上に見つかっては怒鳴られたものだ。このくらいならあっという間にのぼってみせるが、かまわぬか。諏訪社なら、氏子総代に断らぬと、罰が当たりそうだ」

「お願いできますか」

「むろん」

左馬助が本殿の裏手にまわった。次に姿をあらわしたときは屋根の上だった。狭い屋根の上をうろつき、くまなく見てまわっている。

「いかがですか」

「正直、よくわからぬ。例の二つの蔵が邪魔しているのはまちがいないが……」

どことなく歯切れが悪い。

「やはりそれがしものぼってみます」

輔之進も本殿の裏にまわり、そこから柱を伝って屋根の上に出た。左馬助が手を貸してくれたおかげで、たやすくのぼることができた。下から見あげたときよりも、屋根は少しだけ広さが感じられる。

　すでに太陽は東の山を越えているが、まださほど強い陽射しは放っていない。太陽自身が今は自らの体を温めている状態のように見える。大気はひんやりとして、涼しいくらいだが、太陽が中天にかかり、本気をだす頃には相当の暑さになるのは目に見えている。

　この屋根からでは、左馬助がいう通り、二つの大きな蔵が邪魔をして、興津屋敷を眺めることはほとんどできない。だが、左馬助と同じようになにか引っかかるような気がしてならない。輔之進は屋根の上をくまなく見てまわった。

「こらあっ」

　いきなり怒声が響き渡った。見ると、低い鳥居を入ってきた年寄りがいた。杖をつききこちらに近づいてくる。

「きさまら、どこの者だ。本殿の屋根にあがるなど、とんでもないことをしおって。さっさと降りてまいれ。手討ちにしてくれる」

　杖を刀のように振りまわしはじめた。

「輔之進どの」

　弱った顔で左馬助が年寄りを見つめている。

「近所のご隠居ですよ」

「逃げてもかまわぬか」

「おそらく顔は見られておりませぬ。そのほうが後腐れがありませぬ」

「それなら話は早い」

左馬助が本殿の裏に飛びおりる。輔之進はそれに続いた。左馬助のあとについてすぐに走りだしながら、この本殿の屋根なら逃げだすのもたやすいな、と感じた。

「きさまら、逃げるとは卑怯ぞ。戻れ、戻ってまいれ」

年寄りはなおも叫んでいたが、輔之進たちにかまっている暇はなかった。

その後、輔之進と左馬助は近所をめぐり、興津屋敷を狙い撃ちにできそうな場所がないか、探しまわった。だが、見つけることはできなかった。

一刻以上も探しまわって、さすがに重兵衛のことが気にかかってきている。武家地は静かなままで、異常は感じられないが、そろそろ帰ったほうがよいのではないか。

「輔之進どの、戻るか」

左馬助がいい、輔之進は素直にうなずいた。

屋敷に戻った。左馬助が諏訪社での顛末を重兵衛に告げた。

重兵衛がなつかしげな色を瞳に浮かべる。

「ああ、徳永《とくなが》さまだな。俺も幼い頃はいろいろと叱られたものだ。柿を取っていて、杖で手ひどく殴られたこともある。そうか、今もご健在だったか。安心した。とにかくお元気でいらっしゃるのはうれしいな」

重兵衛がふと気づいたように、やさしげな眼差しを送ってきた。

「どうした、輔之進」

「はい。やはりあの諏訪社が気になります。今一度、見に行ってきたいと思うのですが」

「気になるのなら、行ったほうがよいな」

重兵衛も同意してくれた。

そのとき、廊下を渡る足音がきこえてきた。足音は重兵衛の座敷の前でとまった。

「あの、輔之進さま」

お以知の声だ。

「どうした」

「お届け物です」

まったく心当たりはない。

「なにが届いた」

輔之進は襖をあけることなくたずねた。

「刀のようです」

「刀。誰が持ってきた」

「関屋《せきや》さんという刀剣商です」

関屋なら知っている。城下にある武具屋である。昔から店はあり、今のあるじで十代目くらいになるのではないか。城下の武具屋として相当の老舗《しにせ》といってよい。

「送り主は」

「津田景十郎さまです」

お頭だと。輔之進は瞠目した。重兵衛も驚きを隠せずにいる。

「刀は今そこにあるのか」

「いえ、じかに輔之進さまにお手渡ししたいということですので」

「関屋は玄関か」

「はい、さようです。待っていらっしゃいます」

「わかった。行こう」

輔之進は重兵衛と左馬助、おそのの順に見ていった。

「どうしてお頭が刀を送ってこられたのか、さっぱりわかりませぬが、とにかく関屋どのに事情をきいてまいります」

わかった、と重兵衛がいい、左馬助とおそのがうなずいてみせた。

輔之進は素早く襖をあけ、さっと閉めた。廊下に立つお以知と目が合う。

「では、行こうか」

輔之進は廊下を歩きだした。うしろをお以知がついてくる。

玄関といっても、正式の玄関ではなかった。玄関の脇に設けられた出入口の土間に、関屋は立っていた。正式な玄関は侍だけが出入りできるものだ。関屋は刀袋を大事そうに捧げ持っていた。商人らしく、いかにも善良そうな笑顔をしている。確かに関屋のあるじでまちがいない。

「待たせた」

「いえ」

「お頭から、ということだが」

「はい、津田さまからご依頼がありまして、これを興津輔之進さまに届けるようにとのことでございました」

「それはいつのことだ」

「はい、今朝のことでございます。店は五つにあけるのですが、開店してすぐのことにございました」

「店にはお頭がじかに頼みに来られたのか」

「いえ、ご家臣の方にございます」

「名乗ったか」

「いえ。津田家の者だが、とだけおっしゃいました」

「どんな男だ」

「あまりお顔ははっきりとは拝見しませんでした。歳は五十をすぎておられるように感じましたが」

「そうか。わかった。代は」

「もういただいております」

「つかぬことをきくが、その刀はいくらだ。刀袋を見ると、相当高価なものに見えるが」

「はい、手前の店では最も高い一振りにございます。三十四両にございます」

なんと、と輔之進は目をみはった。

「それを、お頭の使いはぽんと払っていったのか」

「さようにございます」

いくら目付頭といっても、津田景十郎にそんな大金が果たして用意できるのか。目付頭の役料は、確か五十俵のはずだ。もともと三万石しかない家に加え、二割の俸禄の借り上げがあって、役料はひじょうに低く抑えられている。

「あの興津さま。こちらの刀は、重兵衛さまへ興津さまを通じて手渡すように、とのことにございます」

「重兵衛というのはそれがしの義兄上に当たるお方だが、そちらに渡せというのか」

「はい、そういうご指示にございました」

「ちと、刀を見せてもらえるか」

「もちろんにございます」

輔之進は受け取った刀袋から、刀を取りだした。黒一色で統一された拵《こしら》えも見事なもので、目を惹《ひ》く。

「ほう、すごいな」

関屋はうれしそうににこにこしている。

輔之進はすらりと刀を抜いた。関屋が、その鮮やかな手並みに目を丸くする。輔之進は刀を掲げ、刀身に目を当てた。

「ふむ、刃文は、逆丁子乱れに逆足というものだな」

「ほう、お詳しいですなあ」

冷たく透き通るような刀身だが、そこからにおってくるのは、いかにも粘りのありそうな鉄の香りである。ため息が出そうだ。

「ほれぼれするような鉄を使っているな。これだけの鉄を使っているとなると、鎌倉の昔の刀だな」

「さすがでございますな。お目が高い」

輔之進は目釘《めくぎ》をあらためた。銘を見る。

「相模守藤原助親《さがみのかみふじわらのすけちか》か。俺は知らぬが、有名なのか」

「いえ、さほど名の知られている刀工ではありません。あまり数も打っておりません。しかし、いい刀を打つ刀工として知られており、鎌倉の頃の刀工ということもあって、好事家《こうずか》のあいだでは高額で取引されている刀工の一人でございます」

「これだけの出来なら、確かにそれもうなずけるな」

怪しいところはどこにもない。どこから見ても、すばらしい出来映えの一振りといってよい。

輔之進は刀を鞘《さや》におさめた。

「とりあえずこの刀は預かっておく。お頭に確かめ、もし注文したとの事実がなかったら、この刀は返しにまいるゆえ、すまぬが、承知しておいてくれ」

「はあ、さようにございますか」

関屋は落胆している。それでも無理に顔をあげて輔之進に告げた。

「もしそうなったとき、もちろん返金はいたしますが、三十四両すべてというわけにはまいりません。それでよろしいでしょうか」

「それはかまわぬ。おぬしも商売だ。だが、あるいは一文も返す必要はないかもしれぬ」

「えっ、それはどういうことでございましょう」

景十郎が注文したものではない場合、誰か他者が関屋に頼んだことになる。誰がいったいどういう目的があって贈るような真似をしたのか、意味は不明だが、その者は名乗り出ることはないのではないか、という気がしてならない。

「その件についてはいずれ説明するゆえ、待っていてくれ」

「はい、承知いたしました」

「関屋どの。引き取ってもらってよい」

「はい。では、これにて失礼いたします。ありがとうございました」

関屋はていねいに辞儀をして帰っていった。

関屋を見送った輔之進は、刀を手に重兵衛の座敷に取って返した。義兄上にお見せするべきなのか、と迷ったが、出来映えのすばらしさは別にして、なんら変哲のない刀である。なにか仕掛けがしてあるようにも思えない。だが、これだけの出来の刀なら、義兄上もご覧になりたいのではないか。むろん、左馬助も同じだろう。

「義兄上」

座敷の前に来るや、声をかけ、襖をすらりとあけた。一礼し、寝床に起きあがっている重兵衛を見て、敷居を越えた。すぐに襖を閉じようとした。その一瞬前、輔之進の背筋を寒けが走った。

――狙われている。

輔之進は卒然と覚った。ほぼ同時に轟音がきこえてきた。いま襖を閉めても意味はない。玉は襖を突き破って、重兵衛に命中するだろう。一瞬も迷うことはできなかった。

さっと体をひるがえした輔之進は、視野に赤い光を見た。

三

そろそろ刻限である。

背の低い杉より高くなった日の位置から、吉良吉はそう見当をつけた。関屋自身が刀を手に、興津屋敷の門をくぐるはずだ。

さて、目論見《もくろみ》通りうまくいくかどうか。

吉良吉は胸を高鳴らせて、興津屋敷を見守った。見守るといっても、大身の屋敷にある蔵と蔵のあいだのわずかな隙間が、吉良吉の視野のすべてである。

興津屋敷のほとんどは、二つの蔵の陰に隠れている。見えているのは、重兵衛の座敷の襖だけだ。

――うまくいくに決まっている。

吉良吉には確信がある。息を吸いこみ、昂《たかぶ》る気持ちを静め、冷静さを取り戻した。

二町と三十四間先を見守るうち、不意に座敷の襖が一人の女によって見えなくなった。遠目にもかかわらず、お調子者の女の顔がはっきりと見える。これは心が研ぎ澄まされている証であろう。

座敷の前に立ったお以知が、なかに声をかけている。なにかやりとりをしているようで、会話が長引いている。ようやく襖があき、輔之進が外に出てきた。

その瞬間を逃すことなく、吉良吉は座敷の奥を見つめた。布団が敷かれ、その上に重兵衛が起きあがっている。

素早く襖は閉じられ、重兵衛の姿が消えた。だが、それで十分だ。輔之進がお以知とともに歩きだし、二人はあっさりと視野から消えた。

よし、あそこだ。

吉良吉は鉄砲を構え直し、重兵衛がいる位置に筒先を向けた。一分もたがえることは許されない。この距離では少しずれただけで、的に当たることはない。

よし、大丈夫だ。先目当ての先に、まちがいなく重兵衛はいる。いま放っても、襖を突き破って玉は重兵衛の頭に当たる。撃ってしまうか、という誘惑に駆られる。

だが、その思いを吉良吉は打ち消した。もう一度、襖があくのを待ったほうがよい。重兵衛がそこにいることを確かめてから、鉄砲を放つべきである。そうすれば、確実に玉は重兵衛の頭を打ち抜く。

血が噴きだし、頭は熟柿《じゅくし》のようにぐしゃっと潰れる。それで、今回の仕事はおしまいだ。あとはこの場を逃げだし、江戸に戻ればよい。

奮発して関屋で最も高価な刀を買うなどしたために、正直、今回の仕事は儲《もう》けがほとんどなかった。だが、殺しをもっぱらにする者の矜持《きょうじ》として、半端な仕事はできない。儲けなど度外視して、依頼主である朋左衛門の求めに応えなければならない。

そういうことを続けていけば、依頼する側の信頼は倍増しになり、仕事が途切れることにならない。

それにしても長い。吉良吉はじれかけた。玄関で関屋と話をしているのだろうが、輔之進が戻ってこないのである。

だが、それも仕方のないことだろう。津田景十郎からの贈り物の刀のことなど、輔之進はきいていないのだから。それでも、輔之進は必ず重兵衛の座敷に戻ってくる。

これまで見たことのないすばらしい刀を目にした以上、重兵衛に見せたくてならなくなってしまうはずだからだ。剣の腕を極めた侍というのは、そういう生き物だろう。

重兵衛を狙うのは、もう一度、輔之進の手によって襖が横に引かれるそのときである。輔之進に、もし自分が襖をあけなかったら、と後悔させてやるのだ。

関屋が刀を届けたそのときに重兵衛が座敷にいない場合も、もちろん考えていた。吉良吉はまた別の手立てを考えるつもりでいた。だが、もはやその必要はなさそうだ。

きっとやれる。吉良吉は深々と息を吸いこんだ。

ふと、背後から人の話し声がきこえた。どうやらこの諏訪社に二人の年寄りの男がやってきたようだ。

つい先ほどのことじゃが、こちらの屋根に乗っていた不届き者がいたんじゃや、と一人が声高に話している。

なんだと、と吉良吉は耳を澄ませた。いかん、と先目当てに神経を集中させる。まだ輔之進は戻ってこない。

背後で二人の年寄りの話は続いている。話といっても、一人が一方的にもう一人に話しているだけである。

その年寄りの話では、どうやら二人の侍がここに乗っていたらしいのだ。怒鳴りつけてやったら、二人はあわてて逃げていきおったわ。わしもまだまだいけそうじゃの。

かっかっかっと大笑いしている。二人の年寄りに、本殿の屋根に腹這っている吉良吉の姿は見えていないだろう。見えていたら、大騒ぎしている。もし見えたとしても、二人は屋根には、まずのぼれない。だが、そんな騒ぎになったら、重兵衛を狙うのはさすがにあきらめざるを得なくなる。

早く消えてくれ、と祈ったが、二人は本殿のそばの石にでも腰かけたらしく、話を続けている。今度は互いの孫の話になった。孫自慢など関係のない者には耳障りなだけだが、二人ともしゃべるのに夢中で、聞く耳は持っていない。会話は嚙み合っていない。

騒がしいことこの上ないが、このくらいなら大丈夫だ。心を乱されることはない。この程度のことで、指先の微妙な感じが失われるはずがない。吉良吉は鉄砲を寸分も動かすことなく、座敷に輔之進が戻ってくるのを待った。

それにしても、この屋根に乗ったという二人は誰なのか。まさか輔之進ということはないだろうか。ここから重兵衛を狙うことは、輔之進たちには露見しているのではあるまいか。輔之進は関屋との話が長引いているふりをして、実はここに向かって駆けている最中なのではないか。

あり得ない、と吉良吉は否定した。もし狙い撃ちにする場所がここであることに気づいていたら、輔之進が重兵衛の座敷でのんびりしているはずがない。まちがいなく、この場で待ち構えていたはずだ。

ばれてはいない、安心してよい、と吉良吉は自らにいいきかせた。心を平らかにして、輔之進が戻ってくるのを待てばよい。

その思いが通じたかのように、視野に人影が入りこんできた。

——来た。

ついに、刀袋を手にした輔之進が座敷の前に立ったのだ。一瞬、吉良吉の指先に力が入りかける。それを押しとどめ、全身から力を抜く。むしろ、くつろぐくらいが狙い撃つのには、ちょうどよいのだ。

輔之進がなかに声をかけ、襖をあけた。重兵衛の顔が目に映りこんだのと同時に、吉良吉は引金を引いた。

轟音が発せられ、腕のなかで鉄砲が大魚のようにはねる。玉薬の量が多いだけに、さすがにいつもとは手応えが異なる。下の二人の年寄りが大音に驚き、ひゃあ、と声をあげた。腰を抜かし、石から転げ落ちたかもしれない。

玉は輔之進の体をかすめるように飛んでゆき、重兵衛の頭を砕くはずだ。その光景がすでに吉良吉にははっきりと見えていた。

だが、信じられないことが起きた。吉良吉は我が目を疑った。

こんなことがあっていいのか。あり得るのか。

四

赤い光は妙に緩慢に見えた。

これが無心の境地というものか。

輔之進はなにも考えることなく、赤い光をめがけて刀袋を動かした。ばしっと音がし、腕を持っていかれるような強烈な衝撃を感じた。鉄砲から放たれた玉は刀袋を破り、鞘に当たったようだ。

刀に弾かれた玉は、再び刀袋を突き破って天井に当たった。しばらく天井板をくり抜くように回転していたが、やがて力尽きた。ぽとりと音を立てて畳に落ち、ころんと転がった。

賊は多分、相当遠くから撃ってきているはずだ。それだけの距離でも重兵衛を確実に殺せるように、強薬《つよぐすり》を用いたのだろう。だから、これだけの威力があるのだ。

鞘はひび割れたにちがいない。刀身に傷がついたかもしれない。

驚いたおそのが立ちあがり、玉に触ろうとする。危ない、と輔之進は声を発した。

「熱いですからね、下手《へた》に触れると、やけどしますよ」

おそのがあわてて手を引っこめる。輔之進に感謝の眼差しを向けてきた。

刀を手に左馬助は、重兵衛をかばうように仁王立ちになっている。

左馬助の陰に見えている重兵衛の顔は、意外なほど落ち着いている。輔之進と左馬助に全幅の信頼を置いているのだ。

ほっと息をついた輔之進は三人にうなずいてみせたが、今はそんなことをしている場合でないことに気づいた。顔を動かし、外を見やる。いったいどこから撃ってきたのか。

輔之進の目は一点でとまった。

——あそこだ。

さっき年寄りに怒鳴られてしっかりと見ることができなかった、諏訪社の本殿の屋根である。ここからではっきりとはわからないが、角度からして、おそらく中老屋敷の蔵と蔵の隙間から狙ってきたのだろう。あのとき年寄りがあらわれず、しっかりと調べることができていたら、あそこから狙ってくることを覚《さと》れたのだろうが、今さらそんなことを考えても仕方ない。自分がすべきことはただ一つである。

「捕らえてきます」

一言を口にするや、二ヶ所が破れた刀袋を手に輔之進は畳を蹴った。

「俺も行こう」

刀を腰に差して左馬助もついてきた。

二人は門を飛びだした。

「輔之進どの、賊は先ほどの神社から撃ってきたのだな」

肩を並べて左馬助がいう。目が生き生きと輝き、顔が紅潮している。全身から、必ず捕らえてやるという闘志を発していた。

「ええ、まちがいないでしょう」

「重兵衛に贈られた刀は、襖をあけさせるためだったのだな」

「ええ、それも、それがしに二度もあけさせるために」

「なるほど、最初は重兵衛の位置を確かめ、二回目に狙い撃つという寸法か」

二人は二町半ほどの距離を一気に走り、諏訪社の境内に駆けこんだ。本殿の屋根を見つめる。そこに人の姿はない。

本殿のそばの茂みに、二人の年寄りがうしろ向きに倒れ、裏返しにされた虫のようにじたばたしていた。

「屋根に人はいましたか」

駆け寄った輔之進は一人を助け起こしてきいた。もう一人は左馬助が手を貸して立ちあがらせた。

「ああ、おったぞ」

年寄りが大きく息をあえがせて、うなずいた。その弾みで、よろける。輔之進は横から支えた。

「すまぬな。——そやつだが、鉄砲らしきものを放ちおったわ。いや、あれは紛れもなく鉄砲だの。いきなりのことで、わしらは腰を抜かしてしまったわ。まったく歳は取りたくないのう」

「どちらに逃げましたか」

その年寄りはかぶりを振った。

「見ておらぬ」

「あっちへ逃げたぞ」

もう一人が指をさしたのは、鳥居の方向だった。目が黒々としており、まだまだもうろくにはほど遠いという顔である。

「鉄砲を担いで必死に走っていきおったわ。まだそんなにたっておらぬゆえ、そう遠くには行っておらぬだろう」

輔之進と左馬助は礼をいって、狭い神社を一気に抜けた。まっすぐ進む道と、左右に走る道にわかれている。

どこへ行った。輔之進は心を集中させ、賊の気配を探ろうとした。左馬助も同じようにしている。

「左だな」

左馬助が確信のこもった目でいった。

「それがしもそう思います」

輔之進は大きく顎を上下させた。

「よし、行こう」

二人は再び駆けだした。そういう刻限なのか、あたりには人っ子一人いない。もともと武家地というのはしわぶき一つ漏らしてもくしゃみをしたかのようにきこえてしまうほど静謐が覆い尽くし、人通りがあまりないところだが、ここまで人けがないというのは、さすがに滅多になかろう。これはむしろ、賊捜しには都合がよい。

輔之進と左馬助は武家地を抜けた。賊の姿は見えない。あの男の足は遅いはずなのに、と思いつつ、輔之進は駆けた。

必ず捕らえなければならぬ。今度は決してしくじらぬ。

町地に出たら、急に人が多くなった。気配が消えてしまう。輔之進の心に焦りの雲がじわりと広がった。だが、その雲は一瞬で霧散した。一町ほど先の角を鉄砲らしい物を担いで曲がる男の姿が、見えたのだ。走り方は、重兵衛の偽の墓をあばこうとして逃げだした男にそっくりである。

輔之進は一町の距離を一気に駆け抜け、角を曲がった。直進しようとして、こっちか、と左馬助があわててついてくる。

すでに男との距離は、四十間ばかりに詰まっていた。もう逃がしはしない。男はよたよたとした走りをしている。右足を引きずっている。神社の本殿の屋根から飛びおりたとき、足をくじいたのかもしれない。ふだんならそんなへまを犯すはずもないが、必殺の思いをこめて放った鉄砲の玉を輔之進に叩き落とされたことに、それだけ仰天し、動転したということだろう。

「あれか」

左馬助も目でとらえたようだ。

「ふむ、足をやったようだな」

「左馬助どの、ちょっと泳がせましょう」

「あの男がどこへ行くのか、見るつもりか」

「ええ、そういうことです」

「なるほど、隠れ家に向かうかもしれぬし、そこで誰かと会うかもしれぬしな」

二人は足をゆるめ、歩調を男に合わせた。男がうしろを振り向き、追っ手が迫っていないか、確かめる。輔之進と左馬助は人混みに紛れ、男の視線をやりすごした。

汗が盛大に流れているようで、それを手ぬぐいでふきつつ、男は必死のさまで走り続けている。その走りぶりからは、男の狼狽《ろうばい》ぶりがはっきりと伝わってくる。

男の肩に担がれているのが鉄砲であることに、道を行きかうほとんどの者は気づかない。ときおり気づく者もいるようだが、これから狩りにでも出るのだろうという目で男を見送るだけだ。人というのは、他者に対し、恐ろしいほど無関心であるのがわかる。

それにしても、この期に及んでもまだ鉄砲を捨てないとは、よほど愛着を抱いているのだろう。二町半を軽々と撃ち抜ける鉄砲である。かけがえのない女性と同じように考えているのかもしれない。

町地を縫うように動いて、男は中山道に出た。大勢の旅人に入りまじるように西へ向かう。迷いのない足取りで足早に進んでゆくのを見て、まさかこのまま京の方角に向かって旅立つ気ではあるまいな、と輔之進はいぶかしんだ。いや、向かっているのは隠れ家だろう。あの男をかくまっている者が誰か、知れるかもしれない。

下諏訪宿の西のはずれまでやってきて、ようやく男が足をとめた。さっと振り返り、誰もついてきていないかを見る。それから、ほっと息をついて右手の林に向かって歩きだした。輔之進と左馬助は半町以上の距離を置いており、いくら目のよい男といっても、見咎められるおそれはまずなかった。

男の動きを視野に入れつつ、林に目を向けた輔之進は、樹間に屋根らしいものが見えていることに気づいた。

「ふむ、家があるな。あそこがやつの隠れ家だな」

左馬助が目を鋭くしてつぶやく。

男は母親の姿をようやく見つけた迷子のように、安堵の色をあらわにしている。林のなかに急ぎ足で入っていった。

輔之進と左馬助は中山道を進み、林の前にやってきた。木々の向こうに見えているのは一軒家である。そんなに広くはないが、うまく周囲の風景と溶け合っているというのか、ほとんど目立たない。ここに家があるなど、中山道を行く旅人は、ほとんどの者が気づかないのではあるまいか。

左馬助が家を見つめている。じっと神経を集中している様子だ。

「よし、輔之進どの、踏みこむか。家の気配はやつ一人だけだぞ」

それはすでに輔之進も感じている。

「左馬助どの、一つだけよろしいですか。やつは飛び道具を持っています」

「うむ、短筒だったな。注意しよう」

「それと、殺さぬようにお願いします。できれば無傷で捕らえたいと思っています」

「うむ、承知している。俺は力添えをするだけだ。捕らえるのは輔之進どのだ。もっとも、やつを捕らえるのに俺がいようといまいと、ほとんど関係あるまいがな」

「では、まいりましょうか」

輔之進は足を前にだした。草が踏みしだかれて、獣道のような道が家まで続いている。足音が立たないように輔之進は気を配った。左馬助も足を忍ばせている。それにしても、この江戸から来た剣客は見とれるような足さばきをしている。重兵衛もいっていたが、左馬助は生まれ変わって別人になったかのように腕をあげている。それは竹刀《しない》をまじえずともわかる。左馬助はいま、剣技が最も伸びる時期を迎えているのだろう。

輔之進と左馬助は戸口の前に立った。戸に心張り棒がかまされているのは、確かめずともわかる。輔之進は破れた刀袋から刀を取りだし、鯉口を切って、なかの気配を嗅いだ。

殺気は感じない。男が鉄砲を構え、待ち構えていることはなさそうだ。

「蹴破ります」

輔之進は、腰を低くしていつでも刀を引き抜ける姿勢を取っている左馬助に小声で伝えた。わかった、とささやくように返して左馬助が顎を引く。

息を大きく入れてから、輔之進は戸を思い切り蹴った。大きな紙袋が破裂するような音が響いて、戸板が暗い土間に倒れこむ。輔之進と左馬助は一気に入りこんだ。

土間から一段あがった囲炉裏の切られた部屋に、男はいた。なかは昼でも暗いために行灯が灯され、淡い光が畳や壁を照らしだしていた。

男は、家に飛びこんできた輔之進たちを見て、目をみはっている。そばに振り分け荷物が置かれている。その上に鉄砲が大事そうにのせられていた。

男は旅支度をはじめていたようだ。これ以上、諏訪にいる気をなくしたのだろう。三十四両の刀を買うまでしたのに、再び重兵衛殺しをしくじったのである。気持ちはわからないでもない。

動きをとめていた男が気づいたように懐に手を入れた。短筒を取りだそうとしているのは、一目瞭然だ。

「やめろ」

輔之進は叫んだ。だが、男は素早く短筒を取りだし、火縄を行灯の火に近づけた。

「やめろといっているんだ」

輔之進は近づき、男を柄頭で殴りつけた。がつっと音がし、顔が激しく横を向く。男が板の間に倒れこんだ。それでも短筒を放そうとしない。輔之進は短筒を蹴りあげた。男の手から離れ、床の上を滑って壁に当たった。はね返ってきたところを男が手を伸ばして取ろうとするが、いちはやく左馬助が短筒を拾いあげた。

「こいつが短筒か。初めて見た。けっこう重い物だな」

輔之進は刀尖を喉頸《のどくび》に突きつけ、男をにらみつけた。

「これ以上あらがっても意味はない。おとなしく縛につけ」

男が、憎しみに燃える目で輔之進を見つめる。五十をいくつかすぎているだろうか、目尻と額に細かいしわがいくつもある。頬がひどくこけている。細い目がつりあがり、鼻は高く、顎ががっしりとしている。いかにも強情そうな顔である。

男があきらめたように両手をあげた。

「わかったよ。もうなにもしない。鉄砲を取られちゃあ、なにもできない男だからな」

手をおろし、がくりとうなだれた。輔之進はしゃがみこみ、男の腰から脇差を鞘ごと引き抜いた。それを腰に差し、さらに男の体を触り、得物を隠し持っていないか確かめた。

脇差以外の得物はなかった。輔之進は握っている刀にちらりと視線を流した。刀身のどこにも傷はついていない。鞘は割れかけているが、まだ持ちそうだ。それに刀をおさめると、懐から捕縄をつかみだし、男の背後にまわった。男はなにかを考えているように、うなだれている。

輔之進は、男の体をかたく縛りあげようとした。その瞬間、男がはねるように動き、振り分け荷物に飛びついた。なにをする気だ、と輔之進は男の顔を殴りつけた。だが、男はひるまず、振り分け荷物の下を探り、隠してあったらしい匕首《あいくち》を取りだした。両膝を床についたまま、輔之進に向けて構える。

「そんなことをしても無駄だぞ。さっさと捨てるんだ」

男がにやりと笑った。目に悲しげな色を宿している。

「あらがうつもりなどないさ」

静かな口調で続ける。

「しかし、おまえさんさえいなければ、興津重兵衛を亡き者にできたのにな。それだけが心残りだ」

「早く捨てろ」

「意外にせっかちなんだな」

おもしろそうにいうや、男は匕首を自らの首筋にあてがい、下に引いた。首に赤い筋が引かれ、それが急に盛りあがった。ざざっと音を立てて血が噴きだし、壁を濡らした。男が力尽きたように前のめりになる。まだ息はあるが、目から光が失われつつあった。

左馬助は立ちすくんで声がない。じっと男を見ている。

「馬鹿な真似を」

輔之進は、死にゆく男に向かって呆然とつぶやいた。男が顔をゆがめる。笑ったように見えた。

死を間近にした男にとって輔之進の言葉は、最高のほめ言葉だったのかもしれない。

五

夜も更けてから、輔之進は屋敷に帰ってきた。

すでに四つをまわっている。

輔之進が重兵衛の部屋にやってきた。

「遅くなりました」

敷居際で挨拶《あいさつ》する。重兵衛は布団に横になっていたものの、眠ってはいなかった。なかなか戻ってこない輔之進を案じていた。

「輔之進、そんな堅苦しい真似はやめてくれ。興津家の当主はおぬしだ」

「いえ、それがしの義兄上ですから、礼を尽くすのは当然です」

布団のそばにいるおそのに一礼してから、重兵衛の前に正座した。唇を引き締め、眉根を寄せる。

「義兄上、しくじりました」

自分を狙い撃ってきた鉄砲の放ち手がどういう最期を迎えたか、重兵衛はすでに左馬助からきかされていた。

「輔之進は全力を尽くしたのであろう。その結果だ。仕方あるまい」

もっとよい慰めの言葉が出てこないことに、重兵衛はすまなさを覚えた。

輔之進が帰ってきたことを知り、失礼する、と左馬助が隣の間からやってきた。寝巻姿である。輔之進の横に座った。

「こんな格好ですまぬ」

「いや、かまわぬ。俺も同じだ」

重兵衛は答えてから輔之進に目を向けた。

「食事は。腹が空いているのではないか」

「いえ、大丈夫です。城中で済ませてきました。お頭が弁当を用意してくださいましたから」

「弁当か。うまいものを食べさせてもらったか」

「ええ、もちろんです。二段になっている豪勢なものでした。上がおかずで、下がご飯です。鱒《ます》の焼いたものが主菜でしたが、それがとても美味でした」

そのときのことを思いだしたようで、輔之進が顔をほころばせる。そのあたりの表情には、まぶしいほどの若さがまだ出る。だが、実際のところ、あまり味はしなかったのではないか、あるいはほとんど箸をつけていないかもしれない。

「そいつはよかった」

重兵衛も笑顔になったが、すぐに表情を引き締めた。

「輔之進、賊は自害したそうだな」

輔之進がすっと笑みを消した。瞳の色が急に暗くなった。

「はい、それがしがもう少し注意していれば、防げたはずです」

「輔之進どの」

穏やかな声で左馬助が呼びかける。

「自害しようと覚悟を決めた者を、とめるのは至難の業だぞ。あれは誰であろうと阻むのは無理だった。仮にあそこで自害をとめられたにしても、やつは必ず他の場所で自害していたにちがいないんだ。あのとき輔之進どののそばにいて、なにもできなかった俺がいうのもなんだが」

ありがとうございます、というように輔之進が頭を下げる。

「賊が贈ってきた刀は、傷もなく無事だったそうだな」

重兵衛は話題を変えた。

「はい、刀身には一つの傷も入っていませんでした」

「俺が助かったのは輔之進の腕のおかげだが、あの刀を輔之進が手にしていたおかげでもある。もし輔之進が刀を手にしていなかったらと思うと、背筋がうら寒くなる」

重兵衛に寄り添っているおそのも、安堵を隠せずにいる。

「たまたまです。あのときだけ、飛んでくる玉がよく見えたものですから」

「そうか、やっぱり見えていたのか」

首を何度も動かして左馬助が感嘆する。

「見えてなければ、できぬ業だ。もしあの刀を手にしていたのが俺だったら、重兵衛は今頃、生きておらぬな」

「そんなことはないでしょうが」

それにしても、と重兵衛はいった。

「この俺を殺すために、三十四両もの大金をはたくとは、いったいどんならうらみを買ったのかな」

「あの男がじかに重兵衛にうらみを抱いたり、殺したいと思ったりしたわけではあるまい」

「うむ、あの男はおそらく朋左衛門の依頼で動いた殺し屋だな。多分、江戸からやってきたのだろう」

「朋左衛門も、義兄上にうらみを抱いていたわけではないでしょう」

「その通りだ。なにしろ、重兵衛と面識はないわけだからな。朋左衛門も依頼を受けただけだろう。依頼をしたのはこの男だな」

左馬助が懐から人相書を取りだし、畳の上に広げた。おそのが気をきかせて、行灯を近づける。

「かたじけない」

礼をいって左馬助が、より見やすくなった人相書をにらみつける。

「こいつだ」

「ふむ、日月斎か」

重兵衛も顔を寄せて人相書を見つめた。

「おっ、重兵衛、身を乗りだすことまでできるようになったのか」

「うむ、おかげさまでな」

「おそのどのの力は偉大だな」

左馬助がいい、重兵衛はおそのに顔を向けた。

「ありがとう、おそのちゃん。おそのちゃんの介護がなかったら、こんなに早く快復することはなかった」

おそのがかぶりを振る。

「私はなにもしていません」

「そんなことはない」

重兵衛は強くいった。

「おそのちゃんがいたからこそ、とんでもなく苦い薬湯を飲むことができた。もし俺一人で傷と闘うことになっていたら、まず飲んでおらぬ」

「そんなことはないでしょう」

「いや、おそのどの。重兵衛は頑固者だからな。俺も飲んだからわかっているが、あれだけまずいとなると、薬の力には頼らぬ、自分の力で治すとばかりに意固地になって、おそらく一滴も飲んではおらぬ」

「そうでしょうか」

「そうさ」

「あの、この日月斎なのですが、何者なのでしょう」

輔之進が目付らしく、本題に戻した。お茶をもってきます、と断っておそのが立ちあがる。鉄砲で狙い撃たれるおそれはなくなったものの、おそるおそる襖をあけたのが重兵衛には、ほほえましかった。

「朋左衛門の兄であるのは、まずまちがいあるまいな」

左馬助が顎をなでつついう。

「だが、重兵衛は日月斎も知らぬというからな。じかにうらみを買っているわけではなさそうだ」

「日月斎も誰かにこの俺を殺すようにいわれたとしたらどうだろう」

重兵衛は思いついたことを口にした。

「その誰かは、江戸の者ということになるのかな」

左馬助がいうと、すかさず輔之進が続けた。

「おそらくそうでしょう。日月斎に何者かから依頼がきたとき、ちょうど義兄上は諏訪に向かって旅の途上にありました。それで、日月斎は弟の朋左衛門に義兄上を亡き者にするように頼んだのではないでしょうか」

「朋左衛門は鉄砲の放ち手に重兵衛殺しを依頼した。あの放ち手はたまたま諏訪にいたということになるのか」

左馬助が疑問を呈した。重兵衛は首をかしげた。

「それは、ちと偶然がすぎるな」

「それでは、仕事で来ていたということになるのか」

「かもしれぬ」

「それは、誰かを殺すつもりでこの地にいたということか」

重兵衛はしばらく沈思した。

「一人、考えられる」

「誰だ」

左馬助がきき、輔之進は重兵衛に視線を当てた。

「景十郎どのだ」

「えっ」

意外そうな声を放ったのは輔之進である。

「お頭を狙いに、あの放ち手は来たとおっしゃるのですか」

そうだ、と重兵衛はいった。

「津田景十郎という人物を亡き者にするために、あの鉄砲放ちは諏訪にやってきた。これも朋左衛門の依頼だったのかもしれぬ。ただ、放ち手が景十郎どのの仕事に入る前に、日月斎から朋左衛門のもとにつなぎがあり、それは興津重兵衛という人物を屠《ほふ》ってほしいという依頼だったのではないか」

重兵衛は言葉を切った。輔之進と左馬助は黙って続きを待っている。

「それで急遽《きゅうきょ》、興津重兵衛を殺してから景十郎どのの仕事にかかるということになり、俺が狙われはじめた」

「だが、どうして景十郎どのが狙われなければならぬ」

当然の疑問を左馬助が発した。

「景十郎どのは大目付の本多和泉守から命を受け、下諏訪宿の本陣岩波家に泊まったのち変死した三人の大名のことを調べていた。そのことが、大目付に敵対している勢力の癇《かん》に障ったのかもしれぬ」

重兵衛は言葉を選びつつ話した。

「左馬助の道場の門人の話では、老中首座の松平備前守さまということだったたな。辣腕《らつわん》で知られる景十郎どのに真実を探りだされると都合の悪い何者かが、まだ松平備前守さまかどうか、はっきりはしておらぬが、景十郎どのの動きを阻止するために殺し屋を送りこんだ」

「なるほど、十分に考えられる」

左馬助がつぶやく。

「敏腕の景十郎どのを亡き者にしてしまえば、探索は滞るとその者は踏んでいるわけか。だが、どういう手立てで三人の大名が死んだのか、もう答えは出ているぞ」

「その通りだ」

重兵衛は左馬助に同意してみせた。

「蜘蛛の毒で三人の大名はやられたのはまちがいない。だが、どうして殺されなければならなかったのか、その背景はまだわからぬ。なぜ三人の大名の死の理由を景十郎どのに知られたくなかったのか」

「ふむ、そういうことか。重兵衛、ききたいことがある。景十郎どのを亡き者にするために、鉄砲放ちを持ってきたのはどういうわけだ。朋左衛門たちには、毒蜘蛛という仕物の手立てがあるではないか」

左馬助にいわれて、重兵衛は考えに沈んだ。

「ふむ、こういうことかもしれん。朋左衛門たちにとって、毒蜘蛛で景十郎どのを亡き者にするのは、そんなにむずかしいことではなかっただろう。だが、三人の大名と同じ殺し方では、誰の仕業か一目瞭然だ。鉄砲で撃ち殺してもわかるではないか、と思うかもしれぬが、景十郎どのは目付頭という要職にあり、家中の秘密を知る立場にある。こたびの探索に関わって殺されたと考えるのがいちばん自然ではあるが、家中の者によって屠られたとの疑いは、そう簡単に除外できぬ」

「そうか、なるほどな。探索する側の目をくらませることになるということか」

左馬助は納得した顔だ。

「では、先ほどの問いに戻るか。なぜ三人の大名は殺されなければならなかったのか。重兵衛、死んだ三人の大名が誰か、わかっているのか」

「はい、わかっています」

輔之進が重兵衛に代わって答える。

「いずれも三万石から五万石ほどの譜代大名です。当主が死んだのち養子を迎え、いずれもなにごともなく存続しています」

「ふむ、養子を入れることで存続したのか」

「そういうことです。三人とも実子はなかったものですから」

「大名家が養子を取ることは珍しいことではないな」

左馬助が鬢《びん》に人さし指を押し当てていう。

「そうですね。大名家は血筋よりも存続こそが第一ですから。もし御家断絶になったら、殿さまの一族だけでなく、家臣たちも路頭に迷うことになりますから。本音をいえば実子に継がせたいのでしょうが、そう都合よく男子が生まれぬのは日常茶飯事です」

「それでも、三家とも養子を取ったというのは気になるな」

重兵衛はつぶやいた。

「重兵衛は、そのあたりになにかあるとにらんでいるのか」

「うむ、大名家の家督相続には、やはりきな臭い動きが付きものだからな」

「確かにそうだな。だが、大名家のことをじっくりと腰を落ち着けて調べるのには、江戸に出なければならぬぞ」

「もちろん出るさ」

「その体では無理だろう」

「そう馬鹿にしたものではない。全快まで、もうそんなに遠くはない。江戸へすぐ行けるようになる」

「ほう、重兵衛にしては珍しく強気ではないか」

「強気にもなる。いつまでも寝ていられぬからな」

　重兵衛はぐいと胸を張った。

「どうだ、もうこんなことをしても痛くない。ほんの数日前なら、悲鳴をあげていた」

「快復ぶりはよくわかった。治ったら一緒に江戸に戻ろう」

「それがしも連れていってください」

　輔之進が申し出る。

「俺も正直いえば、輔之進は連れていきたいと思っているのだが、景十郎どのから許しが出るかな」

「それは大丈夫です。お許しはいただけると思います」

「だが輔之進、どうして江戸に出たいと考えているんだ」

　輔之進が唾を飲みこむ。突き出た喉仏がごくりと上下した。

「今夜、こんなに遅くなったのは、お頭より朋左衛門のことについて、お話をうかがっていたからです」

「そうか。景十郎どの自ら、朋左衛門について調べていたのか」

　重兵衛はすぐさまきく姿勢を取った。左馬助も同様である。

「まず、鉄砲放ちの殺し屋と思える男の隠れ家についてお話しします。あの隠れ家はおそらく朋左衛門が用意したものと考えられますが、名義は朋左衛門ではなく、茅野の豪農のものになっています。だが、その豪農に確かめたところ、そのような家は知らないとの返事でした。その豪農は、朋左衛門に一度だけ会ったことがあるそうです。おそらく朋左衛門に、名を勝手に使われたにすぎぬのでしょう」

重兵衛と左馬助はそろってうなずいた。輔之進が続ける。

「隠れ家は、下諏訪宿で以前、旅籠屋を営んでいた者の隠居所でした。その隠居は妾《めかけ》と一緒に暮らしていたようなのですが、十二年前、その隠居が死んだとき、妾からじかに朋左衛門は手に入れたようなのです。その妾は隠居から隠居所を譲られていたようなのですが、売り払うや、諏訪を旅立ち、そのまま行方知れずになっています。妾はもともと天涯孤独の身で、食べるために、まだ十三で妾奉公にあがったそうです。隠居所を朋左衛門に売ったときは、十九だったとのことです」

今はもう三十をすぎているな、と重兵衛は思った。朋左衛門は隠居所を買う際、値切るような真似はしなかっただろう。そこそこの金を手に入れて、その女は今頃、どこでなにをしているだろうか。やはり江戸に出たのだろうか。

「おそらく、朋左衛門は下諏訪宿の町名主に相当の金を積み、豪農のものとして隠居所の届けを出したはずです。妙なことをするなとはその町名主も感じたでしょうが、大金の前に沈黙したということでしょう。残念ながら、その町名主は三年前に亡くなっています。つまり、そのときのことについて詳しいことを知っている者は、もはや一人もおらぬということです。町名主の家人たちも、当時、朋左衛門とのあいだにどんな手続きがなされたのか、知りませぬ」

それは仕方のないことだ。朋左衛門はもともと後ろ暗いことに使うために、隠居所を手に入れたのだろう。隠居所が朋左衛門のものであるということが表に出ることだけは、避けたかったにちがいない。

妾が売り払うや、すぐさま姿を消したというのも、朋左衛門が江戸か上方に出るように勧めたのかもしれない。あるいはそうではなく、妾は口封じをされたかもしれない。

「お待たせいたしました」

おそのが入ってきた。膳の上に三つの湯飲みが載っている。それを重兵衛たちの前に置いてゆく。湯飲みに蓋はされておらず、どことなく甘い香りが立ちのぼっている。

「これは酒ではないか」

重兵衛はおそのにただした。

「はい、お酒です。私が台所でお茶をいれようとお湯を沸かそうとしたら、お牧さまがおいでになり、三人ともじきに寝につかれるでしょうから、お茶よりもこちらのほうがよいでしょう、とおっしゃって、お酒をくださったのです」

重兵衛は目の前の湯飲みを見つめた。

「これは母上の寝酒か。だが、俺も飲んでよいのか」

「もちろんです。お牧さまも、あの順調な快復ぶりなら、重兵衛も飲んでもかまわぬでしょうとおっしゃいました。ただし、一杯だけです」

「もちろんだ。ありがたいなあ。久しぶりの酒だ」

あまり量をすごすことはないが、酒は好きだ。話の邪魔にならないように、おそのは下がるという。今宵は重兵衛のそばを離れ、お牧の部屋で一緒に寝るようだ。

「ゆっくりお休み」

「はい」

静かに襖が閉まっていった。

喉が渇いていたが、酒を口にするのはもう少しあとということに重兵衛は決めた。輔之進と左馬助も同じ気持ちのようで、湯飲みを手にしようとしない。

「朋左衛門の出自ですが、どうやら江戸のようなのです。二十年ばかり前に諏訪にやってきて、売りにだされていた旅籠を買い取ったのです。旅籠のあるじにおさまった朋左衛門ですが、ほとんど表に出るようなことはありませんでした。人付き合い、近所付き合いもなかったようです」

輔之進が思い直したように湯飲みを手にする。芳香を味わうような仕草をした。

「悪事に手を染めている以上、朋左衛門には顔を覚えられたくないという気持ちがあったでしょう。人付き合いなどしたくなかったのも当たり前のことかもしれませぬが、お頭は、朋左衛門は誰にも顔を見せたくなかったのではないか、とおっしゃいました」

「それはどういう意味かな」

左馬助がたずねる。同じ疑問を重兵衛も持った。

輔之進が首を動かしてから説明する。

「どうして朋左衛門は諏訪を選んだのか。はなから大名を殺すつもりでも、中山道沿いにいくらでも宿場があります。下諏訪は中山道と甲州街道が出合う地で、ほかの宿場よりだいぶ盛ってはいますが、それだけでは選ぶ理由として弱い気がします。朋左衛門は諏訪に関わりを持つ男だったのではないか、というのがお頭の推測です」

「そうか、江戸の出自といっても、実はこの地が故郷かもしれぬということもあり得るのだな」

「はい。実際にとうに隠居した元目付の何人かに朋左衛門の人相書を見せたところ、二人の元目付が昔、諏訪にいた者に似ているといったのです」

重兵衛は身を乗りだした。肩に痛みは走らない。やはり安心する。どんどんよくなってゆく実感はうれしいものだ。

「二人は誰に似ていると」

左馬助が問いを続ける。

「前は御典医だった男です。名は卓鉄《たくてつ》といいます」

「重兵衛、その医者を知っているか」

重兵衛はかぶりを振った。

「その卓鉄ですが、代々御典医だった家に生まれました。ことのほか熱心に学問に励み、順調に腕をあげて、御典医として先々代の殿に重用されました。そのとき、まだ二十代の若さだったそうです。しかしある日、先々代の御正室の病の手当をしていて、薬の調合にしくじり、それがために御正室ははかなくなられました」

先々代の正室は、お敦《あつ》の方といい、病で死んだことは幼い頃、母のお牧からきかされたが、実はそういうことだったとは、重兵衛は初めて知った。

「実際、本当に卓鉄が薬の調合に失敗したのかどうか、それはわかりませぬ。御正室は単に御寿命だったのかもしれませぬし。ただ、御正室を救えなかったそのことで殿の激しいお怒りを買い、卓鉄は命を取られなかったものの、この地を放逐されたのです。それがおよそ三十年前のことです」

「卓鉄に兄弟はいたのか」

重兵衛は輔之進に問うた。

「はい、おりました。弟が一人です。歳は五つ離れていたそうです」

「ということは、卓鉄は朋左衛門ではなく、日月斎ということになるな」

「うむ、そういうことだ。朋左衛門は、兄者とつぶやいて死んだのであろう」

同意を示した左馬助が、慨嘆して続けた。

「三十年前、諏訪を追われた卓鉄は弟を連れて江戸に向かったのか……」

「卓鉄は理不尽さを覚えていただろうな。真っ当な手当をして、力が及ばなかっただけなのに、放逐されるなど。諏訪家に復讐の機会をずっと狙っていたのかもしれぬ」

重兵衛は輔之進に目を当てた。

「輔之進が江戸に行きたいという理由はこれか。江戸で卓鉄、つまり日月斎のことを調べたいのだな」

「はい、さようにございます。引っ捕らえ、できれば諏訪に連れていきたいと考えています」

「そういうことならば、景十郎どのは必ず許してくださるだろう。輔之進が来てくれるのなら、俺も心強い。なにしろまだ本調子にはほど遠いゆえ」

話は終わった。重兵衛は少し疲れを覚えている。

「では、飲むか」

重兵衛は酒の入った湯飲みを持ちあげた。輔之進と左馬助も湯飲みを手にした。重兵衛は口に近づけた。果実を思わせる香りが鼻先を漂う。ごくりと喉が鳴った。舌で転がすように味わう。

ため息しか出ない。酒というのはこんなにも味わい深いものだったのか。

輔之進と左馬助もほう、と息を漏らした。

「こいつはうまい。お母上はすばらしい酒を飲んでおられる。これはなんという酒かな。もちろん地の酒であろうが」

「御湖桜《みこさくら》という酒です」

むろん重兵衛も知っている。下諏訪で醸されている酒で、芳醇な香りにさらっとした甘み、切れのよさで、土地の者に愛されている。

「土産《みやげ》に買って帰るか」

左馬助はにこにこしている。

「これだけうまいのなら、道場の者はきっと喜ぼう」

「道場の者だって。いったい何人に飲ませるつもりなんだ。樽《たる》を担いで江戸に戻るつもりか」

「できればそうしたいくらいだが、まあ、せいぜい一升だろうな。皆にひと口、なめさせるのがせいぜいだ」

酒を飲み終えて、輔之進と左馬助はそれぞれの部屋に戻っていった。

重兵衛は行灯を消し、布団に横になった。遅くまで起きていたこともあり、その上、酒を飲んだこともあって、すでに眠い。

重兵衛は、すぐに眠りの坂を転がってゆくことになった。


その後、重兵衛は誰もが目をみはる快復ぶりを見せた。

立ちあがれるようになり、その二日のちには庭で竹刀を振れるようになった。さすがに両手に力を入れて存分に振るというのは無理だが、右手一本なら、かなり速い振りを見せられるようになった。

左馬助がつきっきりで、重兵衛の稽古を見てくれた。さすがに道場で師範代をつとめているだけのことはあり、どうすればよい、こうすればよいという助言は実に的確だ。

それにしても、と重兵衛は竹刀の重さを心地よいものに感じつつ思った。いつしか、左馬助はすばらしい剣客になっていた。もちろんそれまでもそれらしい兆しは見せていたが、あっという間に伸びた感じがする。

諏訪に旅立つ前に麻布坂江町にある道場で手合わせしたが、そのときは左馬助の竹刀のあまりのきれに、重兵衛は驚嘆させられたものだ。勝つには勝ったものの、これまででいちばんの辛勝だった。

師匠で義父でもある堀井新蔵《しんぞう》が認めた素質が、いよいよ本格的に開花しつつあるのはまちがいなさそうだとそのとき重兵衛は思ったものだが、あれからまだそんなにたっていないにもかかわらず、左馬助はさらに強くなっている。

今なら輔之進ともいい勝負ができるだろう。このまま成長すれば、きっと江戸でも屈指の剣客になるにちがいない。

この俺など、まるで相手にならぬ日が必ずやってくる。手も足も出ずに叩きのめされるにちがいない。

左馬助に歯が立たなくなる寂しさなど、重兵衛には微塵《みじん》もない。むしろ重兵衛はその日が待ち遠しくてならない。

この気持ちは、それだけ自分が侍というものから離れつつある証なのかもしれない。剣がどうでもよいことになるとはいわないが、左馬助が剣の奥義に達しようとしているように、自分にも同じように極めるべき道があるのではないか。

そう、俺は白金村の手習師匠だ。俺は手習子たちに、無限の力を与えられるようにならなければならぬ。どんな困難が立ちはだかっても、人というのは必ず打ち勝てるものだということを、身をもって伝えてやらねばならぬ。たやすいことではない。剣よりもむずかしいだろう。それこそが自分の到達しなければならない場所だ。

だが、その前にやらなくてはならないことがある。

自分の身に起きたこれまですべてのことを、明らかにするという仕事である。

第三章

一

しっぽをつかめない。

つかませないといったほうが、正しいのだろう。

座敷に座りこみ、本多和泉守は、じれている。苛立ってならない。来客があっても、取り次ぐなと命じてある。

叩き潰そうとしている相手が老中首座の松平備前守では致し方ないところはあるが、やはり歯がゆくてならない。なんとかしたい。だが、できない。

派閥の長である老中青山因幡守《あおやまいなばのかみ》も、今のほとんど前に進まない状況には腹が煮えているだろう。

下諏訪宿の本陣岩波家に泊まった三人の大名がここ二年で不審な死に方をしたことをつかんだときは、これで松平備前守を失脚に追いこめると和泉守は信じた。

懇意にしている諏訪家の江戸留守居役に、津田景十郎という敏腕の目付頭がいることをきき、和泉守は、どういうことが行われたのか、調べあげて報《しら》せるよう景十郎にじかに書簡を送って命じたのである。

三万石の小大名に仕える一介の目付頭にすぎないのに、大目付からいきなり命がきて、景十郎は面食らったのだろうが、さすがに敏腕といわれるだけのことはあり、仕事のほうは順調に進めている様子だ。

事細かに記された留書がこれまで二度、届いている。景十郎の能力が如実にあらわれているのがわかる、詳細な留書である。

その留書によると、深夜、岩波家の天井裏に忍びこんだ者が毒蜘蛛の毒を、毒味を終えた大名の朝餉の椀に一滴ほどしたたらせることで、殺していたのではないかということだ。毒はすぐに死をもたらすものではなく、じわじわと体をむしばんでゆき、一刻ほどのちに死に至らしめるものではないかとの推測も書かれていた。

岩波家に忍びこんだのが何者かはわからないが、朋左衛門という者の使嗾《しそう》によるものであるのはまちがいないと断じていた。

朋左衛門というのは、下諏訪宿で将棋屋という旅籠を営んでおり、江戸の日月斎という男の弟ではないかとのことだ。

——日月斎。和泉守にとって殺しても飽き足らない男である。目玉をえぐり、舌を引き抜きたくなる。それだけでは駄目だ。手足の爪も一枚一枚はいでやる。その上で、膝を大《おお》槌《つち》で砕いてやる。

いつしか興奮の波が全身を包んでいた。大目付がこれではいかぬ。常に冷静にならなければ。

景十郎によれば、朋左衛門は日月斎のいいつけにより動いていた様子で、三人の大名殺しの命は日月斎から出ていたのではないか、との意味のことを留書に綴《つづ》っている。日月斎という怪しげな名を持つ男が何者なのか、諏訪にいてはわからないようで、留書にはなにも触れられていなかった。

朋左衛門という男は、すでに死んだということだ。景十郎の手の者に捕らえられ、高島城に引っ立てられる最中、毒蜘蛛を胸に押し当て、自死したという。

これは実に惜しい。惜しすぎる。生かして捕らえ、吐かせれば、松平備前守を追いこむことができたのではないか。

もっとも、そのことがわかっていたからこそ、朋左衛門という男は死を選んだのだろう。

それだけ松平備前守一派というのは、結びつきが強いのだ。その牙城《がじょう》を崩すのは、やはり相当、骨が折れることなのである。

景十郎の留書には、興津重兵衛という元諏訪家中の侍が、朋左衛門が依頼した殺し屋と思える男に鉄砲で撃たれた旨も記されていた。この興津重兵衛というのが何者なのか、和泉守は知らないが、どうして命を狙われる羽目になったのか、景十郎のほうでも不思議に思っているらしい。

それももっともなことだろう。興津重兵衛という男は、こたびの件にはまったく関係ないのだから。和泉守自身、初めてきいた名である。それがどうして鉄砲で命を断たれなければならないのか。景十郎の疑問は当然のことといえた。

重兵衛という男の生死について、景十郎は書いてきていない。鉄砲でやられたのなら、死んだのかもしれない。なにしろ鉄砲でできる傷はすさまじいものときく。死んだのなら、なにかの巻き添えだろうか。それはそれで気の毒なことだ。

気の毒といえば、和泉守の四人の手の者が殺されたばかりである。四人とも忠実な働き者ばかりで、探索の腕もよく、和泉守が寄せる信頼は深かった。

四人には妻子がいた。四人の妻には少なくない金を与えたが、悲しみはどんなに多くの金をもらったところで癒えることはあるまい。死地に追いやって済まないことをしたという気にはなるが、悪いのは殺した側である。四人は大目付の手の者として、正当の働きをしていたにすぎない。それを虫けらのように殺すほうがどうかしているのだ。

四人が殺されたことはつい先日、町奉行が知らせてきたのである。四人は松平備前守のことを探っていたが、ふつりと消息が途絶えたのだ。次に消息が知れたときは、死骸で見つかったのだ。四人にも、毒蜘蛛の毒が使われたのである。

この四人を殺した者こそ、日月斎なのだ。それは、町奉行所の同心が目の当たりにしているから、まちがいようがない。憎んでも憎み足りないのは当然のことである。

日月斎はこの江戸にいる。日月斎を捕らえれば、新たな局面がひらけるのではあるまいか。いや、きっとそうなるだろう。日月斎こそ松平備前守を蹴落とすための、鍵となり得る人物である。

いま和泉守は新たな手の者を放って、日月斎の居場所を探らせている。まだなんの収穫もないようだが、日月斎という男はけっこう派手に動きまわっているようだ。

おそらく自分だけはつかまることはないと勝手に信じている自信だけの男にちがいない。捕らえるのに、さしてときはかからないのではないか。

ただし、手の者はこれ以上、失いたくない。日月斎に知られることなく、慎重に探るように命じてある。

今度、新たに探索を命じたのも四人である。いずれも独り身の者を選んだ。二度と妻子を悲しませたくないという思いからだが、和泉守のなかに、金が惜しいという思いがある。大目付には在任中は役高として家禄を三千石まで加増されるが、その程度では支出とのつり合いがまったく取れない。出てゆく金のほうがずっと大きいのである。

金のことはよい、と和泉守は自らにいいきかせた。四人の手の者が死んだら、どのみち残された家人には金は支払わなければならないのだ。

とにかく、松平備前守を早く政の中心の座から引きずりおろすことである。そうすれば、こちらが政の主流をなすことになる。金などいくらでも入ってくる。

あの男は娘を将軍の側室に送りこんでいる。その娘はむろん実の娘などではなく、備前守の養女にすぎず、どんな出自か知れたものではないが、将軍が大のお気に入りなのだ。側室を通じ、備前守は将軍を思いのままに動かしている。政をほしいままにしている。この状況をなんとかしたいと、青山因幡守を長とする一派の者である和泉守は動いているのである。

老中首座から追い落とすためには、やはり備前守の裏の仕事を暴かなければならない。下諏訪で三人の大名が死んだのは、その裏の仕事によってである。それはもう疑いようのないことだ。

もちろん、備前守の裏の仕事で殺された大名はその三人だけではない。他にも相当の数にのぼろう。おそらく十人に近いのではあるまいか。あるいは、超えているかもしれない。その仕事に、日月斎という男が噛んでいるのではあるまいか。和泉守はそう確信している。やはり、日月斎こそがすべての鍵を握っているのだ。

備前守は冷酷な男である。自らの身が危ういとなれば、とかげのしっぽ切り同様、日月斎を殺すことにためらいはないだろう。

そのことを、日月斎は知っているのだろうか。

知らぬはずがない。備前守の酷薄さは、あのいやしい顔にはっきりと刻まれているのだ。あの卑劣で陋劣《ろうれつ》な顔を見て、そうと覚れぬ者が裏の仕事など、決してやれるはずがないのである。

二

感極まった。

やっと帰ってきた。

実際にはまだ白金村には着いていないのだが、もうじきだ。景色はどこを見まわしても、見慣れたものばかりである。ただ、こうして馬上から眺めると、これまでとはまたちがう新鮮さが感じられる。

涙がこぼれそうになる。いや、あたたかなものがすでに重兵衛の頬を伝っている。

白金村を発って諏訪を目指してから、まだ一月もたっていない。だが、心はなつかしさで満たされている。

――帰ってきた。

再び思った。

顔を流れる汗をぬぐった。やはり暑さが諏訪とは異なる。大気も湿り気を帯びており、どこか息苦しさすら覚える。

だが、これが江戸だ。諏訪とちがうのは当たり前のことだ。これこそが、これからずっと暮らしてゆく町のにおいといってよい。

「大丈夫か、重兵衛」

左馬助が汗を一杯にかいている顔で見あげてくる。

「大丈夫かとはなんだ。この傷のことか」

重兵衛は左肩を軽く叩いてみせた。

「いや、傷ではない。おぬし、泣いているではないか。涙で目が曇って、馬から転げ落ちぬか心配なんだ」

「泣いてなどおらぬ」

重兵衛は強い口調でいった。

「嘘をつけ。目が真っ赤だぞ」

「なぜ俺が嘘をつかねばならぬ。目が赤いのは、この砂埃のせいだ」

「風などほとんどないぞ」

「うるさいぞ、左馬助。砂埃といったら砂埃なんだ」

ふふ、と左馬助が笑いをこぼす。

「おそのちゃん、重兵衛は思いのほか短気なようだぞ。もうじき白金村に着くのがうれしすぎて、どうやら子供に返ったようだな」

おそのがにこりとする。

「そんなことはありません。重兵衛さんは立派な大人です。子供に返るだなんて、あり得ません」

苦笑を浮かべ、左馬助が肩をすくめた。

「重兵衛、やっぱり妻となってくれる女性はよいものだな。おぬしの味方となって、常に肩を持ってくれるのは、おそのちゃんくらいのものだ。大事にしろよ」

「わかっている。俺はおそのちゃんを、この日の本の国でいちばんの幸せ者にするつもりだ。——左馬助、おぬしはどうなんだ。奈緒《なお》どのを大事にしているのか」

「当然だ。妻だけでなく、子も俺の宝物だから、同じように大事にしている」

「そうか。それにもかかわらず、わざわざ諏訪に来てくれたか。かたじけない。心から感謝する」

「いや、頭を下げられるほどのことではないさ。正直いえば、久しぶりに俺も江戸を出たかった。諏訪で温泉にたっぷりと浸かり、諏訪大社にお参りしたら、気持ちがさっぱりした。体調もすばらしくよいぞ。これなら、いい調子で稽古に臨めそうだ。もっとも、日月斎のことなどがあって、俺たちにはこれからが正念場だな。——いや、それよりも重兵衛、傷のほうは大丈夫か」

その左馬助の問いに、輔之進も案じ顔を向けてきた。おそのの瞳にも少しだけだが、翳《かげ》ができた。

重兵衛は笑顔でうなずいてみせた。

「ああ、なんともない。この馬がなによりもありがたかった」

「やはり楽か」

「ああ、信じられぬほどだ」

「そうか、それならばよい」

左馬助が振り返り、うしろにいる輔之進とおそのを見やる。

「やはり江戸は、諏訪とはかなりちがうな。暑くてたまらぬ」

「ええ、すごいですね」

輔之進が頭上を見あげる。空は晴れ渡っており、雨の気配などどこを探してもない。その名にふさわしく大入道のように盛りあがって、入道雲が南の空で成長を続けている。

「諏訪と同じで、太陽が一つしかないことが不思議です。二つも三つもあるような気がしてなりませぬ」

「江戸はずっとこの調子で、このところ雨もないですよ」

年老いた馬子が馬を引きつつぼやいた。

「しっかし暑いですねえ。この馬も歳を食って、めっきりと暑さには弱くなってしまってねえ。前は暑さなんか、ものともしなかったのに。まったく、秋はいつになったらやってくるのかねえ」

やがて道は白金村に入った。重兵衛はまたも胸が一杯になった。

「降りてもよいか」

重兵衛はおそのにきいた。最後は歩いて白金堂に行きたかった。

おそのがほほえむ。

「もちろんです」

「ありがたい」

馬を降りる重兵衛を、左馬助と輔之進が支えてくれた。もう手助けは必要なかったが、友垣と義弟の気持ちがうれしくて、重兵衛は素直に二人の手を借りた。

「もう馬を返してもよいか」

左馬助にきかれ、重兵衛は顎を引いた。

「ああ、とても助かった」

重兵衛は代金を支払い、酒代をたっぷりと弾んだ。

「こんなによろしいんですかい」

馬子が好々爺《こうこうや》のように表情をやわらげた。前歯が何本か欠けている。

「もちろんだ。最高の乗り心地だった」

「そいつはよかった。こいつは太郎助っていうんですがね、人を乗せるのが大好きなんでさ。これまで人を落っことしたことは、一度もねえ。――いや、二、三度あったかな」

重兵衛たちは遠慮なく笑った。笑い声が、諏訪とくらべたら、ややくすんだ感じの空に吸いこまれてゆく。

馬子と太郎助と別れ、重兵衛たちは新川沿いの道を歩きはじめた。荷物はみんな左馬助と輔之進が持ってくれている。もし逆の立場に立ったら、同じことを必ずしようと重兵衛は思っている。

「あれ、お師匠さんとおそのちゃんじゃないか。やっと戻ってきたんだねえ」

声をかけてきたのは、白金村の村人である。夫婦ともに真っ黒になって畑で働いている。

「いつ帰ってくるかって、首を長くして待ってたんだよ」

「よかったよ、無事な顔を見られて。おそのちゃんも元気そうだね。幸せそうだ」

「親御さんへの挨拶も無事に終わったんだね。よかったねえ」

次から次へと声をかけられる。

そのうちに、いろいろなところで散らばって遊んでいた手習子たちも重兵衛たちに気づきはじめた。いくつものかたまりとなって、いっせいに駆け寄ってくる。

「お師匠さん」

「帰ってきたんだね」

「待ってたよお」

「お帰りなさい」

「よかった、無事だったんだね」

口々にいってくれて、重兵衛の胸は熱くなった。おそのも涙をぬぐっている。狭い土手道は、子供であふれんばかりになっている。手習子の全員がそろっているのではないか。

重兵衛はにじむ目で皆の顔を見渡したが、欠けている顔は一人もいなかった。一人残らず、わんわんと泣きだしている。涙をこぼして、重兵衛に抱きつかんばかりだ。何人かは重兵衛の両腕にぶら下がろうとしていた。

「こらこら、おまえら」

あわてて左馬助がいった。

「重兵衛は怪我《けが》をしているんだ。そんなことをしてはいかん」

「えっ、怪我って」

お美代が驚いてきく。吉五郎、松之介たちも目をみはった。ほかの子供も同様で、ぴたりと口を閉じた。

「ああ、左肩をちょっと怪我した」

「どうして怪我をしたの」

これは吉五郎である。子供に鉄砲でやられたなど、いえることではない。だが、子供に嘘をつきたくはない。

「お師匠さんはな、ちょっと張り切りすぎたんだ」

窮した重兵衛の代わりに、左馬助が皆に説明をはじめた。

「諏訪のほうで街道を歩いているとき、ぶつかったものがあったんだ」

「なにがぶつかったの」

松之介が左馬助に問いを発した。

「うむ、石ころのようなものだ。それがひどくぶつかって、お師匠さんは肩を怪我したんだ」

「誰が石ころをぶつけたの」

「残念ながら、そいつはわからなかった」

「ふーん、ひどいことをする人がいるね」

「まったくだ。誰がやったかわかったら、ぶん殴ってやる」

「怪我は重いの」

案じ顔のお美代がたずねる。

「一時はひどかったが、もうだいぶよくなった。こうして諏訪から戻ってこられたくらいだからな」

「それならいいんだけど」

「ねえ、お師匠さん」

吉五郎が呼びかけてきた。

「いつから手習をはじめるの」

「ねえ、明日」

寛助という手習子がいう。

「明日というのは無理だな。ちと済まさなければならぬ用事がある」

「えっ、そうなの」

吉五郎だけでなく、他の子供もしゅんとなる。お美代だけが瞳に強い光をたたえた。

「お師匠さん。用事っていつ終わるの」

「すまない。正直いって、今はまだわからないんだ。できるだけ早く済ませるつもりではいる。用事が終わったら、いつはじめるか、みんなに知らせるから、それまで待っていてくれるか」

お美代がにこっとする。

「もちろんよ。あたしたち、お師匠さんを困らせるつもりなんかないんだから。お師匠さんだって、その用事を終わらせないと、落ち着かないんでしょ。あたしたち、用事が終わるまで一所懸命に待つから、用事が終わったら、お師匠さんもあたしたちに一所懸命に手習をしてくれなくちゃ駄目よ」

その言葉に、重兵衛はぐっときた。涙をこらえる。手習子たちの前で泣くわけにはいかない。だが、おそのが両手を目に押し当てているのを見て、こらえきれなくなった。

「あっ、お師匠さん、泣いているよ」

吉五郎が冷やかす。

重兵衛はぐいっと手の甲で涙をぬぐった。

「泣いてなんかいない。これは汗だ」

その後、子供たちと別れ、重兵衛たちは白金堂に向かった。『幼童筆学所』と記されている看板の前まで来て、どうしてか重兵衛の足はとまり、動かなくなった。

「重兵衛、どうした」

左馬助がいぶかしげにきく。重兵衛は建物を見つめて、首をひねった。

「いや、なにかちがうな、と思ってな」

「なにがだ。白金堂の建物か」

「うむ、まあ、そうだ」

おや、と左馬助が輔之進に目をとめる。

「輔之進どのも同じか」

「はい、なにか以前、訪ねてきたときとはちがう感じを受けます。なにかいやな気が流れているというか」

輔之進がおそのを気にした。

「すみません、これからこちらで暮らすというのに、つまらぬことを申しました。忘れてください」

「いえ、かまいません」

おそのが笑顔で首を振った。

「だが、それも無理はないかもしれぬ」

左馬助がいまいましげな顔をする。

「なにしろ、日月斎が入りこんでいたからな。あの男が白金堂の雰囲気を変えてしまったかもしれぬ」

だが、いつまでも看板の前にとどまっているわけにはいかない。重兵衛たちは白金堂の戸口を入った。

重兵衛は輔之進に、居間の隣の部屋を使うようにいった。輔之進はうなずき、荷物をその部屋に置いた。長旅がひとまず終わり、さすがにほっとした顔をしている。

重兵衛の荷物を居間に置いた左馬助が、ささやき声でいった。

「それにしても重兵衛、気をつけろよ。さっきもいったが、日月斎がこの建物に入りこんだのだからな。なにか仕掛けでもしてあるかもしれぬ。輔之進どのがいう、いやな気というのは、そのあたりに関係しているのではないか」

重兵衛は左馬助の言にしたがって、教場や部屋、台所などをくまなく見てまわった。だが、どこにも妙なところはなかった。そのことを重兵衛は左馬助に告げた。

「そうか。変わったところはないか。それならよいのだが。だが重兵衛、なぜあの男はここに入りこんだのかな。なにか目的があったのではないのかな」

「うむ、かもしれぬが、今のところはさっぱりわからぬ」

ふと思いだしたことがあって、重兵衛は左馬助を教場に連れていった。天神机が端に山のように積みあげられている。

「左馬助、日月斎は人を殺したといったな」

ああ、と左馬助が暗い顔で答える。

「殺されたのは、本多和泉守の手の者だ。殺されるところを目にしたのは、河上のおっさんと善吉だが、どうやらおぬしの居間で殺したらしい。おっさんと善吉を救いだしたとき、死骸は俺も見た。死骸は町方が引き取っていったが、その後はきっと本多和泉守の屋敷に引き取られたのだろう」

左馬助がじっと重兵衛を見る。

「人が殺されたところですごすのはいやか」

「あまりよい気持ちはせぬが、俺よりもおそのちゃんだ。これからここで暮らしてゆくのだからな」

「それはそうだな。新しい暮らしをはじめる場所なのに、残念なことだ。だが重兵衛、ここは手習子が集まる場所だからな、引っ越すわけにはいかんぞ。おそのちゃんには真実を伝えるのか」

「うむ、そのつもりだ。人づてに知るよりも、じかに俺が話したほうがいいだろう」

重兵衛と左馬助は居間に戻った。

「おそのちゃん、話がある」

重兵衛は、台所で水仕事をしていたおそのに近づいた。なんでしょう、とおそのが耳を傾ける。重兵衛は、この家で人殺しが行われたことを告げた。えっ、と絶句し、おそのは顔を青ざめさせた。

「いやか、そんな家で暮らすのは」

しばらくおそのは黙っていた。

「確かに、いい気持ちはしません。でも」

重兵衛は言葉をはさむことなく、続きをじっと待った。

「重兵衛さんが一緒なら、大丈夫です。そういうことに私たちが負けるとは思いません。二人一緒ならきっと乗り越えてゆけます」

おそのはきっぱりといいきった。そうか、と重兵衛は頭を下げた。

「ありがとう、おそのちゃん。必ず幸せになろう」

そののち、重兵衛はおそのと輔之進をともない、村名主の田左衛門《たざえもん》の屋敷に向かった。

左馬助は、今日は帰る、明日また朝早く来る、といって麻布坂江町にある道場に戻っていった。早く妻子に会いたいとの気持ちが、歩き方に如実にあらわれていた。

田左衛門には下諏訪から早飛脚を飛ばしてあり、今日、帰ることはすでに伝えてある。

鳥たちが鳴きかわし、蟬《せみ》の声がゆったりと耳を打つ、のどかな道を行くと、宏壮な屋敷が見えてきた。おそのが目に涙を浮かべている。やはり自分の家というのはうれしいのだな、と重兵衛は思った。白金堂でぐずぐずせず、もっと早く連れてきてやるべきだった、と後悔した。

田左衛門は、重兵衛たちがやってくるのを、門のところで待っていた。ひときわ高い手習子の歓声が風に乗ってきこえ、重兵衛たちが村に帰ってきたことを知って、今か今かと胸を高鳴らせていたそうだ。

「申しわけありませぬ。遅くなって」

重兵衛が謝ると、田左衛門は破顔した。

「なに、無事に戻ってきてくれれば、遅くなろうが関係ありませんよ」

田左衛門がおそのをしみじみと見る。目に慈しみの色が宿っている。

「よく帰ってきた」

万感の思いをこめていったのを、重兵衛は深く受けとめた。田左衛門がいかにおそののことを大事に想っているか、この一事で十分すぎるほどわかった。自分は、田左衛門の最も大事な娘を託されたのである。その信頼に応えるために、これから身をしぼらなければならない。

重兵衛たちは座敷に招かれた。料理と酒がだされたが、重兵衛は怪我から快復したばかりなのを理由に、酒はほとんど口にしなかった。それは輔之進も同様だった。

重兵衛は、明日は朝早くから動くつもりでいる。酒を残したくはなかった。

もっとも、田左衛門も、長旅のあとで疲れているだろうということで、重兵衛たちを引きとめるようなことはなかった。

腰に差しているのは、三十四両の刀である。輔之進が刀袋ごと振って、重兵衛を狙った鉄砲の玉を弾いた刀だ。

重兵衛が江戸に戻る際、津田景十郎が、持ってゆけ、餞別《せんべつ》代わりだと手渡したのである。俺が所持していても仕方ない、殺し屋が刀剣商から購ったものとはいえ、とてもいい物であるのは確かだ、贈られた重兵衛が帯びるのが自然だろう。

玉が当たって割れた鞘は、新しいものに替えてあった。二ヶ所が破れた刀袋は、興津屋敷にあった古いものを使った。江戸に戻る道中では、背中に負って輔之進が運んでくれた。

こうして差した感じは悪くない。どころか、ずっと昔からの愛刀だったように、しっくりくる。ひじょうに釣り合いが取れた刀で、体になじむ。

三

「いかがです」

新川沿いの土手道に立って輔之進が、刀の具合をきく。とうに夜は明けており、太陽は東の空に顔をのぞかせている。白さを帯びた陽射しが『幼童筆学所』と記された看板をすでに焼きはじめていた。空に雲はほとんどなく、今日も暑くなりそうだ。

重兵衛は輔之進にうなずいてみせた。

「帯びていて心地よい。とてもよい刀だ」

「それはよかった」

うれしげにいった輔之進が、土手道沿いに視線を走らせる。

「ああ、お見えになりましたよ」

左馬助が早足でやってくる。手ぬぐいをしきりに使っているのは、一杯に汗をかいているからだろう。

「済まぬ、待たせたか」

重兵衛たちのそばにやってきていった。案の定、汗だくになっている。

「いや、そんなことはない。俺たちもいま出てきたところだ。おはよう、左馬助」

輔之進も朝の挨拶をした。左馬助は二人に返してきた。

「その刀は例のか」

左馬助が目ざとく見つける。

「ふむ、やはりいいものなんだな。重兵衛、さまになっているぞ。遣い手に見える。それにしても暑いな。諏訪にいたときも暑いと思ったが、こうしてみると、やはりあの地は涼しかったんだな」

「その代わり、冬は極寒だ。おそらく江戸の者には耐えがたいほど寒い」

「なるほど、よいことばかりではないか。重兵衛、よく眠れたか」

左馬助がじっと見る。

「ああ、とてもよく眠れた」

「そいつはよかった。輔之進どのは」

「それがしも朝までぐっすりです」

左馬助はどうだ、とききかけて、重兵衛はとどまった。左馬助の全身は生気に満ち、顔がつやつやしている。久しぶりに家に帰り、妻子と一緒のときをすごして英気を養ったのがありありとわかる。昨日までの旅の疲れをまったく残していない。

重兵衛は肩の傷もあってか、よく眠ったといっても、少し疲れを覚えている。体が少し重い。

「それで重兵衛、この建物のほうはどうだ。やはりおかしいか。一晩寝ても、感じは変わっておらぬか」

「うむ、どこか妙な感じは否めぬな」

「輔之進どのも同じようだな」

「はい」

輔之進が言葉少なに答える。

「いったいなにが重兵衛たちにそう感じさせているのか」

「左馬助は感じぬのだな」

左馬助が困ったように顔をしかめる。

「うむ。このあたりがまだ重兵衛や輔之進どのの域に達しておらぬということだろう。精進せねばな」

「精進は大事なことだが、左馬助はすでに俺を超えているぞ」

「そんなことはない。俺はまだまだだ。重兵衛を超えるなどとんでもないことだ。重兵衛は俺にとって永遠の壁であり続けてもらわねば困る」

左馬助が力のみなぎった表情でいった。

「とにかくだ、俺のことなどどうでもよい。この建物のことも気になるが、それもおいておこう。重兵衛、これからどこに行くつもりでいる」

「木挽町に行こうと思っている」

うむ、それがよいだろうな、と左馬助がいった。

「日月斎はあの町に自分の家があるといったらしいし、永輝丸とかいう怪しげな薬の元締もそこで暮らしているとかいったそうだ」

「それに、これは諏訪でわかったことなんだが、鬼伏谷という、ちとおどろおどろしい名の場所に、例の毒蜘蛛が飼われていた屋敷があったんだ。輔之進と俺が訪れたとき、そこには権造という年寄りがいて、隠戸屋《かくしどや》という薬種問屋の鉄之丞《てつのじょう》というあるじが屋敷の持ち主だと教えた。その隠戸屋も、権造の話では、木挽町にあるとのことだった」

「木挽町には、諏訪家の上屋敷もあるな」

「隠戸屋は、上屋敷にも薬をおさめているという話だった」

「だが重兵衛、権造というのは敵方の男だろう。それが本当のことを教えるかな」

「教えぬだろうな」

重兵衛は逆らわない。

「だが、一度木挽町に行って確かめぬことには、前に進まぬ」

「それはそうだな」

左馬助が深く顎を引いた。

「ああ、そうだ。その前にいっておくことがある。出がけに、門人をつかまえてきいてみたんだ。本多和泉守さまと政で敵対している勢力は誰かと」

「それでどうだった」

重兵衛は興味を抱いてたずねた。

「政争の相手は、前にもいった通り、松平備前守さまだ。老中首座だな。本多和泉守さまの背後にはこれも老中の青山因幡守がいるそうだ」

情けなそうに左馬助が何度も首を振る。

「結局は、老中同士の争いが我々の知らぬところで繰り広げられているというわけだ。争いなど、ほんと、我らには関係ないのにな。庶民のためになる政をしてくれれば、それでよいのに、政に携わる人間というのは、まったくそれが見えておらぬな。あの目の見えなさは、いったいどこからくるんだ」

一丁目から七丁目まで、すべて当たった。

だが、潮の香りが濃く漂う木挽町に、隠戸屋という薬種問屋はなかった。周囲の町まで足を延ばしてみたが、結果は同じことだった。

四丁目にある諏訪家の上屋敷を訪れ、目付として輔之進が留守居役に会って、隠戸屋という薬種問屋との取引の有無をたずねたが、隠戸屋などという店は知らないとの答えが返ってきた。

これらいずれも予期できたことで、重兵衛に落胆はない。

重兵衛は輔之進と左馬助に相談し、界隈の薬種問屋をまわることにした。

最初に訪れたのは、木挽町四丁目から新《あたら》シ橋《ばし》を渡ってすぐの三十間堀《さんじっけんぼり》四丁目にある櫛角《くしかど》屋《や》という店である。

間口は五間ほどで、驚くほどの大店《おおだな》ではないが、大勢の人が出入りしていた。暖簾《のれん》は常にはためき、休まる暇がない。

諏訪家の者だが、ちと話をききたいと輔之進がいうと、あるじはいま出ているとのことで、番頭が店の左手にあるこぢんまりとした座敷で、応対した。

「まったくいつまでも暑うございますな」

隆吉《りゅうきち》と名乗った番頭はていねいに辞儀をしてから、重兵衛たちに穏やかな視線を当てた。輔之進がまんなかに座り、重兵衛と左馬助は少し下がった位置に座を占めている。

「あの、どのようなことをおききになりたいのでございますか」

ときが惜しいのか、隆吉がすぐさまきいてきた。

「おぬし、この商売に入って長いか」

輔之進がただす。

「はい、十になる前にこの店に奉公をはじめましたから、もうかれこれ三十年近くにはなります」

隆吉の歳は、四十近くということになる。もう少し上に見えないでもないが、この男の持つ、どこかただならない目つきは、大店の番頭をつとめるにふさわしいのではないか、と重兵衛は思った。

「この商売一筋ということだな。それだけ長い経歴ならば、隠戸屋という同業を知っているのではないか」

隆吉が顔をしかめた。

「隠戸屋さんでございますか。いえ、存じあげないお名でございます」

「まちがいないか」

「はい、同業に限らず、そのような名のお店は耳にしたことがございません」

「それなら、永輝丸はどうだ。扱ったことはないか」

「えいきがんにございますか。あの、どのような字を当てるのでございましょう」

この番頭の言葉をきいて、ここでは収穫はないと見極めただろうが、その思いを面にだすことなく、輔之進が『永輝丸』であると伝える。

「はあ、永輝丸にございますか」

まるで覚えがないようだが、一応は隆吉が考えるふりだけしてみせた。

「申し訳ございません。手前は存じあげません」

「いや、謝るようなことではないのだ」

気が差したか、隆吉は他の奉公人にもきいてくれたが、隠戸屋も永輝丸も知る者は一人もいなかった。

礼をいって重兵衛たちは櫛角屋をあとにした。それからも薬種問屋をめぐり歩いた。

大小問わず、薬種問屋というのは意外なほどの数があった。

こんなにあるにもかかわらず商売が成り立つというのは、これはすごいことだ、と重兵衛は半ば感心した。それだけ病にかかる人が多いということなのか、それとも江戸の者が薬が大好きなのか、江戸の者に限らず日の本に暮らす者が薬を好んで使うのか。

櫛角屋だけでなく立見屋《たつみや》、十吟屋《じゅうぎんや》、芋梅屋《いもうめや》、升霧屋《ますきりや》といったところが大店として繁盛ぶりを見せていた。いずれも変わった屋号で、そのあたりに繁盛の秘密があるのかもしれない。

ただし、どこの店の者も、隠戸屋という薬種問屋も永輝丸という薬も知らなかった。何人かの隠居にも話をきいたが、両方とも耳にしたことがない者ばかりだった。

これ以上薬種問屋をききまわっても、どうやら得るものはなさそうだ、と重兵衛たちは見切りをつけた。方向を変えなければならない。

「それで重兵衛、これからどうする」

左馬助にきかれ、大勢の人がひっきりなしに行きかう往来の端で重兵衛は腕を組んだ。

「わざわざ輔之進が江戸まで来たんだ。卓鉄という諏訪家の御典医だった日月斎を追いたい。だが、やつには今のところまったく手がかりがない」

「すまぬな。白金堂に乗りこんだとき、俺がつかまえていれば、こんなことにはならなかったのに」

左馬助が悔しげに唇を噛む。

「気にせずともよい。日月斎は必ず捕らえる。それは早いか遅いかの差でしかない。左馬助、輔之進、ここは思い切って本多和泉守さまを訪ねようと思う」

二人がそろって瞠目する。

「じかに話をきくのか」

「それが最もよい手立てだろう」

重兵衛は明快にいいきった。

「和泉守さまから話をきくことで、見えてくることがきっとあるだろう。それは、和泉守さまのほうにも利益となるはずのことにちがいない。なにより、俺たちは和泉守さまの敵ではない。しかも輔之進は、和泉守さまから命を受けて、岩波家の一件を調べた景十郎どのの配下だ。輔之進は景十郎どのの紹介状も持っている。忙しい身だろうが、会わぬ理由はないのではないか」

門前払いも覚悟していたが、屋敷内にはあっさりと通された。家士に案内され、玄関にほど近い座敷に三人は座った。今回もまんなかは輔之進である。

屋敷内はひっそりとしており、ほとんど人けは感じられない。

大目付というのは大名の監視を主にすることもあり、いま人数のほとんどは外に出ているにちがいない。それでも、わずかに人の動きが感じ取れる。書類仕事にいそしんでいる者たちだろうか。

四半刻ほど待たされたのち、一人の侍が姿を見せた。和泉守の家士で、村垣観八郎《むらがきかんはちろう》と名乗った。烱々《けいけい》と光る目が鋭く、油断ならなさを感じさせる男である。

「お三人は、殿にお目にかかりたいとのことでござるな。だが、まことに申しわけないことにござるが、殿はお忙しい身にござる。今もお大名と面会中にござる。それゆえ、それがしがお三人のご用向きをうかがい申す」

重兵衛は輔之進、左馬助と顔を見合わせた。仕方あるまい、と思った。ここまで来て、なにも話さないわけにはいかない。

輔之進が観八郎に向き直った。

「ここでの話は、和泉守さまに伝わるのでござろうか」

「もちろんでござる」

観八郎がわずかに身を乗りだす。

「さて、どのようなご用件にござろう」

輔之進が景十郎の紹介状を手渡す。受け取った観八郎が、紹介状に記された景十郎の名を見て、おう、と声を漏らした。

「これは、諏訪家の目付頭どのではござらぬか」

紹介状をひらき、目を落とした。目の動きから二度、文面を読み返したのが知れた。

「日月斎という男にござるか」

「はい、この男がすべての鍵を握っているのは、まちがいないことにございます」

輔之進が力強くいった。

「うむ、なるほど。この男を捜しだし、捕らえれば、状況がうまくまわりだすということにござるな」

「はい、必ず」

「かたじけない。お三人のお力添え、無駄にせぬようにいたす」

ところで、と観八郎がいった。

「興津重兵衛どのというのは」

「それがしにござる」

観八郎が重兵衛に目を向けてきた。興味深げな色が浮いている。

「ふむ、さようか、お手前が興津重兵衛どのにござるか」

「それがしになにか」

「興津どのは、諏訪家のお方にござろうか」

観八郎は重兵衛の衣服をしげしげと見ている。一応、今日は着流しではなく、れっきとした侍に見えるよう袴《はかま》を着けている。

「今は致仕してござるが、元は諏訪家の目付にござった」

「ほう、お目付。致仕されたといわれたが、どうしてそのような仕儀になられた」

「いろいろと事情がありまして」

「事情といいますと」

重兵衛は頭を下げた。

「それはご勘弁いただきたい」

「さようか。ならば無理強いはいたすまい」

村垣どの、と重兵衛は呼びかけた。

「それがしのことを、もしやご存じなのでござろうか」

とんでもない、と観八郎がかぶりを振る。

「互いに初対面なのは、興津どのもご存じのはず。では、それがしはこれにて失礼させていただく」

観八郎が立ちあがろうとする。

「お待ちあれ」

輔之進が手をあげ、声を発する。

「なんでござろうか」

「いったい全体、なにがどうなっているのか、お話しくださいませぬか」

観八郎が座り直す。少し残念そうな顔をしてみせた。

「まことに申しわけないことにござるが、それがしも詳しいことは知らぬのでござる。ゆえに、せっかくお越しいただいたお三方に話すことはないのでござるよ。殿にお会いできれば、またちがうのでござろうが」

重兵衛と輔之進、左馬助の三人は厳しい眼差しを、加藤清正《かとうきよまさ》が虎退治をしているらしい絵が描かれた襖に向けた。それを見た観八郎がたじろいだが、すぐに立ち直った。

「どうかされたか」

輔之進がなにかいおうとする。それを重兵衛は制した。

「引きあげよう」

重兵衛たちは、本多和泉守の役宅を辞去することにした。

「お茶も差しあげず、まこと申しわけないことにござった」

長屋門の外まで見送りに来た観八郎が頭を下げた。日当たりのよいところだと、意外に人がよさそうに見えるのが不思議だった。

重兵衛たちは観八郎の見送りを受けて、道を歩きだした。

「狸よな」

左馬助が怒りで唇を震わせる。

「加藤清正公の襖の向こうに、本人がいたくせに」

「まったくです」

憤懣《ふんまん》やるかたない口調で輔之進がいった。

「よほど、あの襖をあけてやろうかと思いました」

「重兵衛、どうしてとめた」

重兵衛は左馬助に顔を向けた。

「あそこで和泉守さまの顔を潰すのも、どうかと思った。景十郎どののことを考えたとき、具合の悪い真似はできぬ。しかも、下手をして怒らせれば、諏訪家が大目付に目をつけられることになるかもしれぬ。諏訪家は三万石の小大名にすぎぬ。取り潰しに執念の炎を燃やされたら、ひとたまりもない。長いものに巻かれるではないが、諏訪家のためにならぬことはできぬ」

ほう、と左馬助が嘆声を漏らした。

「重兵衛はそこまで考えていたのか。感服したよ」

「それがしもです。それがしは、ただないがしろにされたおもしろくなさしか考えていませんでした。恥ずかしい限りです」

「そんなに縮こまることはない」

重兵衛は快活に笑ってみせた。

「だが重兵衛、どうして和泉守さまは、隣の間で聞き耳を立てていたんだ。顔を見せればよいのに」

「これは俺の推測だが」

重兵衛は前置きした。

「本陣の岩波家の一件について、これまで一度ならず、景十郎どのから和泉守さまのもとに留書が届いていよう。それには、興津重兵衛という男が鉄砲に撃たれたことも記されていたにちがいない。この名を初めてきいた和泉守さまは、興津重兵衛というのは何者で、どうして鉄砲で撃たれなければならなくなったか、興味を持ったのだろう。死んだか、生きているか、それも確かめたかったのではないかな」

「ならば、堂々と俺たちの前に出て重兵衛に会えばよかったではないか」

「和泉守さまというのは、そういう性格なのだろう。天下の大目付が一介の諏訪家中の目付と元家中だった者と対面するなど、あり得ぬことだと思っているのだ」

「そういうことか。なるほど、陰でこそこそことを行う大目付という職が合っているということだな」

「まあ、そういうな」

重兵衛は左馬助をなだめた。

「家格かなにか知らぬが、大目付など、たかが旗本ではないか」

「だが、自分こそ天下を動かしているという気持ちが強いのだろう。そういう者は、俺たちなど、虫けらのようにしか見ぬものだ」

「まったく腹が立つな」

左馬助が唾《つば》を吐くような顔つきになった。しばらく怒りはおさまらずにいたようだが、歩き進むうちに気持ちが平静に返ったらしい。

「ところで重兵衛、今どこに向かっているんだ」

「わからぬか」

ちょうど重兵衛たちは短い橋を渡りはじめたところである。

「この橋には見覚えがあるぞ。新シ橋ではないか」

左馬助が橋の向こうを見つめる。

「あの屋根は諏訪家の上屋敷だな。あそこに行こうというのか」

「そうだ。話をきこうと思ってな」

「誰にだ。また留守居役か」

「留守居役ではあるが、俺の友垣だ」

「なんだ、重兵衛には俺以外に友垣がいたのか。それは意外だ」

「そんなことをいわれるほうが、意外だ。俺は友垣は多いほうだと思うのだが、勘ちがいだったかな」

「左馬助どのは焼き餅を焼いているのだと思います」

輔之進がしらっとした顔でいう。

「輔之進どの、なに馬鹿なことをいっているのだ。俺がどうして焼き餅など焼かねばならぬ」

「なるほど、そういうことか。左馬助、男の焼き餅は恥ずかしいぞ。焼き餅焼くとて手を焼くな、という言葉もあるくらいだ」

「なんだ、それは」

「妬心《としん》もあまりに激しすぎると、おのれに災いが降りかかってくるから、度がすぎぬようにしなさいという教えだ」

「別に俺は焼き餅を焼いているわけではないから、そんな言葉は関係ない」

「わかった、そういうことにしておこう」

重兵衛たちは、大名家の長屋門としては、のしかかるような迫力に欠ける門の前に立った。輔之進が門衛に話しかける。誰に会いたいか、重兵衛は輔之進に伝えてあった。

「しばしお待ちくだされ」

門衛が背後の小窓を拳で叩いた。小窓があき、二つの目が門衛を見る。門衛が用件を伝えた。小窓が閉じられる。門衛はその場で、再び小窓があくのを待っている。

小窓があき、門衛が耳を傾ける。うなずいて重兵衛たちのもとに戻ってきた。

「お会いになるそうです。お入りくだされ」

重兵衛たちは長屋門を抜けた。長屋門の下は涼しかったが、太陽の下に出ると、厳しい暑さが戻ってきた。

案内の家士に先導され、重兵衛たちは奥の座敷に入れられた。茶がだされ、喉が渇いていたためにそれを遠慮なく喫していると、襖の向こうから声がかかった。

「重兵衛、いるか」

そろそろと襖があき、柿《かき》ヶ崎《さき》作《さく》之助《のすけ》がいたずらっ子のように顔をのぞかせた。

「おお、本当に重兵衛ではないか」

感激の面持ちになり、敷居を越えて抱きつきそうになった。その前に、輔之進と左馬助がいることに気づき、なんとかとどまった。

「あの、重兵衛、こちらのお二人は初めてだよな」

「左馬助はまちがいなく初対面だな。こちらは旧姓は鳴瀬、今は堀井左馬助だ。道場の師範代だ。強いぞ」

左馬助が頭を下げる。

「それがし、柿ヶ崎作之助と申す者にござる。お見知り置きくだされ」

「作之助、輔之進は知らぬか」

うむう、とうなり声をあげて、作之助が輔之進をじっと見る。

「おっ、見覚えがあるぞ」

「それがしはよく存じておりますよ、柿ヶ崎どの」

輔之進が微笑する。

「学問では我が家中で並ぶ者なしと呼ばれたお方ですから」

「ほう、そんな俊才なのか」

左馬助が驚きの表情を見せる。

「いやあ、そんなことはないのでござるよ。それがし、重兵衛に学問を教えてもらったくらいですから」

作之助がかしこまる。

「思いだしてござる。こちらは、輔之進どのにござるな。今は興津家の家督を継がれ、美しい女性を妻に迎えられたときいておりますよ」

「思いだしてくださり、感謝いたします」

「ああ、いや、すぐに思いださず、失礼いたした」

作之助が左馬助に向き直る。

「それがしは重兵衛とは諏訪の家塾で一緒でござった。そのときから親友にござる」

左馬助の眉がぴくりと動いた。

「親友でござるか」

「左馬助どのは、重兵衛とはどのようなご関係でござるか」

「単なる友垣にござる」

「ははあ、単なる友垣にござるか」

誇るような色が作之助の頰に浮かんだ。

「作之助、あまりときがない。さっそく用件に入らせてくれ」

重兵衛は作之助を自分に向かせた。

「あ、ああ。そうか、あまりときがないのか。それは残念だ」

作之助が真剣な顔を向けてくる。こういう顔をすると、抜けた感じがなくなり、家中きっての俊才というのもうなずける。

「して、なに用かな」

「公儀のことで知りたいことがある」

「ほう、公儀か。うむ、なんでもきいてくれ。これでもけっこう事情には通じている」

「だから、作之助を頼ろうと決めたんだ。ききたいのは、老中首座の松平備前守と同じ老中青山因幡守との政争の原因だ」

それか、といって作之助が沈思する。

「単なる権力争いにすぎぬ。老中首座は養女を将軍家の側室に送りこんでいる。その側室の美貌に今の将軍家は夢中になっている。側室を通じ、将軍家は松平備前守のいいなりになっている。それをなんとか正そうと考えているのが、青山因幡守を中心とした勢力だ。

青山因幡守の下には、大目付の本多和泉守などがいる」

作之助が言葉を切り、唇を湿した。

「松平備前守は確かに悪い。なにしろ将軍家の威光をうしろ盾に、やりたい放題だからな。政がいい方向に向かっているとは、口が裂けてもいえぬ。だが、それを正そうとしている青山因幡守のほうも、結局は我欲だけだな。自分の一族が干されたりしているのを看過できぬというだけだ。もし青山因幡守が松平備前守の悪事を暴くなりして、引きずりおろすことに成功したとしても、結局はまた同じような政が行われることになろう。代わり映えはまったくせんだろうな」

なるほどな、と重兵衛は相づちを打った。

「松平備前守さまは、なにか悪事をはたらいているのか」

「はたらいているだろう」

「たとえばどんな」

作之助がかぶりを振る。

「そこまでは知らぬ。だが、どうせ金が絡んでいるに決まっている。政に携わる者は、金が大好きだからな。金のためなら、魂を売る輩ばかりが公儀だけでなく諸国にもそろっている。もちろん諏訪もだ」

「作之助、声が大きくないか」

さすがに重兵衛は危ぶんだ。

「なに、大丈夫さ。俺は御前で講義をしている男だ。殿には、なにかあればすぐに知らせよ、といわれている。怖いものなどない」

「そうか、それならばよいが。だが作之助、あまり調子に乗るな」

「俺はお調子者ではないからな、重兵衛、案ずるな。加減は心得ておる」

また訪ねてきてくれ、と懇願する作之助と別れ、上屋敷を出た重兵衛たちは道を歩きはじめた。夏の長い日は暮れはじめており、重兵衛たちの影が背後に長く伸びている。

「それで、重兵衛、これからなにを調べる。これからといっても、今日はもう夜が近い。明日になるのだろうが」

重兵衛は左馬助に目を向けた。輔之進が真剣な眼差しを当ててきている。

「やはり松平備前守のことだろうな」

作之助にならったわけではないが、重兵衛は、さま付けをやめた。

「本多和泉守さまは敵ではない。俺のことも知らなかった。ならば、我らの敵は松平備前守ということになる。老中首座を徹底して調べ、いったいなにが行われているか、暴きだすことにする。それが仮に本多和泉守さまや青山因幡守さまを利することになっても、かまわぬ。俺はなぜ自分が狙われたか、どうしても知りたい」

四

早く目覚めたい。

いま目の前で繰り広げられている光景が、夢であるのはわかっている。二度と思いだしたくないのに、どうしてまた見てしまうのか。

体をよじる。だが、金縛りに遭ったように動かない。

どのくらいよじり続けたか、ようやく夢から覚めることができた。日月斎は、はっとして上体を起こそうとした。だが、まだ体はかたまったままである。指一本、動かない。

少なくとも夢から覚めたことには、ほっとした。しばらくじっとしていると、体から力が抜けていることに気づいた。指が動くのを確かめてからあらためて上体を起こし、伸びをしてみた。だが、気分はあまりすっきりとはしなかった。

とうに夜は明けている。雨戸などは閉めていない。にじみだすような明るさが、部屋に入りこんでいる。大気は朝のうちだけは涼しい。これが太陽が高くなると、すさまじい暑さになる。暑いのは苦手だ。故郷の夏は、江戸とはくらべものにならないほど爽快である。

だからといって、二度と諏訪に戻る気はない。やはり殿の正室を救えず、放逐されたことが心に重くしこっている。いやな思い出で、二度と思いだしたくない。

日月斎はぎらりと目を光らせた。

いま考えても、冗談ではない。あれは誰が手当をしても、無理だった。正室は寿命だったのである。肺に、たちのよくない腫れができていた。あの腫れは、薬でなんとかできるものではない。胸をひらいて手術したとしても、まず助かるものではなかった。そんな手術に耐えられるだけの体力も、正室にはもはやなかった。

どんな手を使ったところで、救うことなどできなかったのだ。それを先々代の殿は、どんな手を使ってもいいから助けてくれ、と懇願した。

手遅れですので、もはやそれは無理です、などと御典医として口にできるわけがなく、最善を尽くします、と若き日月斎としてはいうしかなかった。正室をこの上なく大事に想っている殿の姿に心を打たれてもいた。

それをあの馬鹿な殿は、必ずこの医者が助けてくれると信じてしまったのである。だから、寝間で正室が力なく首を落とし、息をしなくなったとき、こやつは約束を破りおったぞ、と激怒したのだ。今の今まで心身を捧げて手当をしていた医者に指を突きつけ、こやつ呼ばわりしたのである。

その結果、日月斎は身一つで放逐された。あのときは命を取られなかっただけ儲けものと考え、たった一人の弟とともに江戸を目指した。そこで一旗揚げ、必ず諏訪家に復讐してやると考えて、一歩ずつ江戸に近づいていったのだ。

夢に見るのは、あの激怒した殿の顔だ。今も指を突きつけてくる。怖れる必要などないのに、夢のなかでは怖くてならない。畳に両手をつき、なんとか怒りをやりすごそうとばかりしている。

飢え死に寸前だったものの、なんとか弟の朋左衛門を死なせることもなく江戸にたどりついた日月斎は、ほかにできることもなく、すんなりと町医者になることを選んだ。朋左衛門の勧めもあった。口入屋に請人になってもらい、小さな家を借りてはじめたのだが、他の医者とくらべて腕のよさは際立っており、信じられないほど繁盛した。

医者の名は、鈍庵《どんあん》というものにした。別に深い意味はなく、部屋の隅でほのかな光を放っている行灯を見て、音だけ借りたのである。

診療所は、朋左衛門も助手として手伝ってくれた。医学にはあまり向いていなかったが、仕事には熱心で、人当たりもよく、診療所の大きな力となった。

これで、日月斎たちは日々の暮らしに困るようなことはなくなったが、日月斎のなかで諏訪家憎しの気持ちは増すばかりだった。

殿を殺す。必ず殺す。日月斎はそればかりを考えていた。どうすれば殺せるか。参勤交代の行列に斬りこむかと考えたりしたが、それはまず無理だ。殺害できるような刀の腕はないのである。

毒殺しかない、と日月斎は結論づけた。参勤交代で殿が江戸に来たとき、上屋敷に忍びこみ、毒を飼えば殺せる、と踏んだ。

どんな毒がよいか。毒殺であるとすぐに露見するようなものは駄目だ。痕跡を残すことなく殺せるものがよい。

日月斎は書物や文献を読みあさった。

なかなか、これぞ、という毒は見つからなかったが、ある日、ふらりと入った書物問屋で、阿蘭陀《オランダ》の書物を見つけた。いかにも興味深げな図が多数、載っていた。

この本はいけるかもしれん、と日月斎は直感した。珍品ですので、と店主は手放したがらなかったが、金を積むことでなんとか入手できた。

案の定、その書物には、日月斎の目を惹くものがあった。

蜘蛛を使っての毒殺の方法である。書物自体は日本語に訳されておらず、大枚を払って入手した辞書を手に、訳しながら読み進めるしかなかったが、ついに見つけた、と日月斎は興奮を隠せなかった。

その蜘蛛は南蛮渡りだった。しかも、長崎の出島経由で買えることがわかった。少数ながら、薬の元として、すでに日本に入ってきていることも調べがついた。

さっそく阿蘭陀渡りの薬に強い薬種問屋を見つけ、日月斎は蜘蛛を注文した。三年後、ようやく生きた二匹の蜘蛛が手に入った。だが、そのときには諏訪の殿は病に倒れ、すでにあの世に旅立っていた。

殿のかかった病は、伝えきいたところによれば、もし日月斎が御典医をつとめていたら、必ず治すことのできた病だった。

自業自得という言葉しか思い浮かばず、日月斎が同情を寄せることはなかった。

手に入れた蜘蛛は、予期した以上に不気味な姿をしていた。だが、思ったほど獰猛《どうもう》ではなく、ふだんはおとなしかった。二匹はつがいだった。毒自体は強くなく、その蜘蛛にかまれたからといって、人が死ぬようなことはなかった。蜘蛛を増やし、毒を抽出し、濃くすることで人を殺す毒薬をつくるしかなさそうだった。

蜘蛛は、意外なほどたやすく増えていった。それにつれて、人を死に至らしめる強い毒を持つ蜘蛛も増えていった。蜘蛛からとれる毒も増え、人を殺せそうな毒薬ができた。この日の本の国には存在しない毒薬であり、この薬を用いて人を殺せば、これが毒を飼われたことによる死であると、どんな医者もわからないはずだった。この毒薬を基に永輝丸という薬もできあがった。

診療所にやってくる患者に試しに永輝丸を処方してみたが、さまざまな病に信じられないほど著効を発揮した。宣伝して大儲けすることも日月斎は考えたが、そんなに数はつくれない。限られた得意先にだけ用いたほうが、莫大な儲けにつながる、と判断した。

そんなとき、日月斎の名医ぶりと永輝丸の評判をききつけた旗本の屋敷に呼ばれた。三千石の大身だったが、まだ十代の三男坊が病に冒されていた。

これまでどんな名医をもってしても治せなかった病を、日月斎はあっさりと快方に向かわせた。

その後、死の淵にいた三男坊と日月斎は親しくなり、肝胆相照らす仲となった。

ある日、酒を酌んでいるとき、とある松平家の殿さまを殺したい、とその三男坊がつぶやいた。その殿さまがいなくなれば、一族には他に適当な男子がおらず、さらに将軍家の覚えもよいゆえ、自分がその家の養子におさまることができるのに、と愚痴るようにいったのである。

その家の奥方も三男坊のことを気に入っているのに、肝心の殿だけが三男坊を養子にすることに反対していた。殿はもうかなりの歳だというのに、自分の血を残すことに固執していた。

自分がやってみましょう、と日月斎は申し出た。必ず亡き者にしてみせます。

日月斎は松平家の上屋敷の絵図面を手に入れ、どこに忍びこめば確実にやれるかを、徹底して調べた。殿の朝餉の前、すでに毒味が終わった汁物に毒を入れるのが最善という確信を得た。

大名家の上屋敷ということで、忍びこむのはむずかしかったが、なんとかやり遂げた。当時はまだ若く、身ごなしも軽かった。それに、そんなに警備は厳しいものではなかった。殺す相手のことは、松平家の殿と思わなかった。自分を放逐した諏訪家の殿と思うことにした。そう思っていると、人を殺すことがどうということもなくなった。むしろ、ついに復讐が成るのだと興奮に打ち震えたほどである。

実際、意外なほどたやすく大名家の当主は死んだ。思惑通り、三男坊が松平家の養子に入り、家督を継いだ。末期養子だったが、別段、家禄を削られるようなこともなかった。

それが、今の老中首座松平備前守である。つき合いは、もう二十五年ばかりになる。旗本の三男坊を病から救ったときは、まさかのちに老中首座にのぼり詰めるような男とは思わなかった。だが、もともと運の強い男だったのだろう。なるべくしてなったといってよい。

家人が廊下をやってきて、来客を告げた。

「誰だ」

「松平備前守さまの御使者です」

使者は、松平備前守が呼んでいると告げた。日月斎は使者とともに、老中の役宅へ徒歩で向かった。駕籠《かご》が用意されていたが、歩くほうが体のためによいのはわかっている。特に歳を取って足が弱るのは、寿命を縮める。

屋敷に着いた。奥座敷で備前守はむずかしい顔をしていたが、敷居際で両手をついた日月斎を目にすると、破顔した。

「おう、日月斎、よく来た」

手を取るようにして座敷にいざなう。

「余は、昔のことを思いだしていた」

座敷に二人きりになったとき、備前守が懐かしむ口調でいった。

「手前も今日、昔のことを思いだしておりました」

「ほう、そうか、そなたもか」

備前守が穏やかな顔になる。

「そなたがいなかったら、余は老中首座松平備前守になっていなかった。そなたには感謝してもしきれぬ」

日月斎は黙って平伏した。

「そなたのことは決して裏切らぬ。安心してよい」

「はっ、ありがたきお言葉にございます」

「ただし」

備前守が見つめてきた。

「裏の仕事はすべておしまいにする。日月斎、よいな」

「備前守さまのご決断に、手前が口をはさむようなことはいたしません」

「よい返事だ。日月斎、今までよく儲けさせてくれた。そなたが金をいくらでも用意してくれたからこそ、余は老中首座になれた。かたじけない。この通りだ」

備前守が深々と頭を下げた。日月斎はあわてた。

「いえ、とんでもないことにございます。お礼をいわれるようなことではございません。手前はただ、備前守さまを応援したかっただけにございます」

備前守が顔をあげ、背筋を伸ばした。ところで、と重々しく告げる。

「かのお方が苛立っておる。まだ興津重兵衛の始末はできぬのか、と」

日月斎は再びこうべを垂れた。

「お待たせしてしまい、まことに申しわけなく存じます」

日月斎はまっすぐ目をあげた。

「ご安心ください。今宵、決行いたします。重兵衛は白金村に戻ってきました。手前は白金堂にまた行かねばなりませぬ。さすがに緊張いたしますが、こちらの鍵を使わねばなりませんので」

日月斎は一本の鍵を懐から取りだし、備前守に見せた。

「それは、なんのための鍵だ」

日月斎はどういうふうに使うか、伝えた。

「ほう、そのようなものか。ふむ、おもしろいな。だが、肝心の毒は弱いのであろう」

「特にこちらで選び抜いた毒が強いのを選んで放ってありますので、一匹に刺されれば、まず重兵衛は助かりますまい」

「それはまた楽しみだの」

備前守がにこにこする。

「かのお方に興津重兵衛の死を告げるのが、余は楽しみでならぬ。かのお方は余にとって大事なお方だ。日月斎、頼むぞ」

もう夜だけに、格好についてはさほど気にしなくてもよいのだろうが、それでもどういう風体がいいか、と熟慮した末、托鉢《たくはつ》の僧侶を真似ることにした。

日月斎は、僧侶の装束をまとった。いま暮らしているこの家には、なんでもそろっている。僧衣など何着もある。

ここから白金村は、正直、近くない。一刻以上は優にかかる。

だが、今宵、行くしかない。足腰を鍛えるためと割り切るしかなかった。

村は闇に沈んでいた。

少し怖さがある。なんといっても、重兵衛が輔之進とともに戻ってきて、白金堂にいるのだから。

日月斎は、重兵衛にも輔之進にも会ったことはない。重兵衛にうらみなどまったくないのは当然のことである。

重兵衛については仕事にかかる前にじっくりと調べたから、よく知っている。重兵衛のことを知るうちに、輔之進のこともわかってきた。

輔之進は諏訪が生んだ、紛れもない天才剣士である。むろん重兵衛も天才だ。天才が二人もそろっている場所に行くのが怖くない者など、この世にいるだろうか。

「こっちだ」

提灯を掲げた日月斎はうしろを振り返り、三人の男を手招いた。三人も僧衣を着ている。あまりさまになっていないが、それはお互いさまだろう。

新川沿いの土手道には、人けはまったくない。日月斎は勇気を鼓して遠慮のない足の運びで進んでいった。三人の男が足音を立てることなくついてくる。

白金堂の屋根がうっすらと見えてきた。

明かりがかすかに漏れている。二人は出かけていない。それがわかって、胃の腑の当たりがきゅんと痛んだ。

日月斎は『幼童筆学所』という看板が掲げられているところまで来た。胸がどきどきする。この歳になって、こんな気疲れすることはしたくないが、これが最後の仕事だといいきかせた。

日月斎は白金堂の敷地に入らず、土手道を大きく迂回する形を取って、教場の側にまわりこんだ。

教場の壁に近づいた。もともと出入口などないところだが、日月斎は白金堂に居座ったとき、ここの一画を切り取り、小さな戸口をつけておいた。よほど目を凝らして見ないと、そうとわからない。そこには別に錠がおりているわけではないから、戸はすぐにあく。日月斎たちは気配を嗅いでから、教場に入りこんだ。天神机が積みあげられており、日月斎たちはその陰にいる。

「ここにひそんでいてくれ」

日月斎は三人にささやきかけた。三人が無言でうなずく。三人とも、よく光る目をしていた。

「待っていれば、重兵衛と輔之進の二人は、必ずここにやってくる。天神机を崩して襲いかかれば、よい結果が待っていよう」

日月斎は三人をその場に残し、小さな戸口を抜けて外に出た。それから勇気を奮い起こして、住みかのほうにまわった。緊張で胸が痛くなってくる。

台所の隣に、板の間がある。重兵衛はふだん、そこで食事をしている。日月斎はそこの床下に入りこんだ。

腹這いになり、蜘蛛の巣に何度も引っかかりながら暗闇を進んでゆくと、土の上に置いてある半尺四方の箱がぽつんと見えてきた。

そこは板の間の端に当たり、二枚の床板がはずれるように細工してある。

慎重を期して床板をはずし、箱の錠をあける。できた隙間から箱を持ちあげ、板の間に中身をばらまいた。

ぱらぱらと音が立った。心の臓がどきりとする。重兵衛たちに気づかれたのではないか。

だが、こちらに駆け寄ってくるような足音はしない。

頭上で、ぞろぞろと何匹もの蜘蛛がうごめきはじめた。蜘蛛が落ちてこないように、日月斎は二枚の床板をしっかりとはめた。幸いにも、ほとんど音は立たなかった。

これでよし。

耳を澄ませる。重兵衛も輔之進も気づいていないようだ。

心中で大きく息をついてから、日月斎はその場をあとにした。

五

二つの膳が鎮座していた。その上に布巾《ふきん》がかかっている。

膳の横には、お櫃《ひつ》も置かれていた。

「これは――」

重兵衛と輔之進は台所の隣の間で、顔を見合わせた。

「おそのちゃんが、留守中に来てくれたようだな」

「ありがたい。先ほどから、腹の虫が盛大に鳴いていますから」

「俺も同じだ。汁物の支度もしてくれているかもしれぬ」

重兵衛は台所に降り、鍋が置かれている竈《かまど》の前に立った。鍋の蓋を取り、なかをのぞく。案の定、食べきれないほどのわかめの味噌汁が用意されていた。

重兵衛は竈に火を入れ、味噌汁をあたためはじめた。湯気が出て、ある程度熱くなったところで鍋をおろした。沸騰《ふっとう》などさせたら、せっかくの味噌の香りが飛んでしまう。

鍋を隣の間に持っていこうとしたが、それがしがやります、と輔之進が代わりに手にした。いい香りですね、と鼻をうごめかす。

鍋を鍋敷きの上に置き、杓子《しゃくし》を使って器用に味噌汁を器に注ぐ。

「ああ、海のにおいがしますよ」

輔之進がにこにこする。

「こういうにおいを嗅ぐと、江戸に来たという実感がわきます」

「まったくだな。諏訪ではなかなかわかめは味わえぬものな」

それにしても、と輔之進がいった。

「こんな味噌汁を食べられて、義兄上は幸せ者ですね」

輔之進がお櫃からご飯を盛りはじめた。

「吉乃どのはどうだ。包丁のほうは、かなりうまくなったという話ではないか」

「ええ、前にくらべたら、だいぶましになりましたね。義母上《ははうえ》とお以知に相当、鍛えられていますから」

「吉乃どのは、輔之進のためにがんばっているんだぞ」

「ええ、感謝しています。一緒になった当初はなにもできなかったのに、ずいぶんやれるようになってきたんです。ああいう姿を見ていると、おなごというのは、いじらしくて、けなげで、かわいくてなりませぬ」

「こんなに遠く離れてしまって、おなかの子も心配だろう」

「それはもう。しかし、出産に関しては、自分にできることはありませぬから、近くにいようと離れていようと、あまり関係はないのではないかと。今はただ、なにごともなく順調に出産までたどりついてくれればよいと思っています」

「だが、やはり輔之進が近くにいたほうが、吉乃どのは心強いだろうな」

「そうかもしれませぬが、吉乃は大丈夫でしょう。心得た女ですから」

「輔之進、吉乃どのにぞっこん惚れているな。いいことだ」

「いえ、はあ、まあ。義兄上はいかがです。いや、これはきくまでもなかったな」

「俺はおそのちゃんのことは、これ以上ない女だと思っている。だが輔之進、話をしていると、きりがないな。せっかくあたためた味噌汁が冷めてしまう。いただこう」

　重兵衛と輔之進は、膳にかかっている布巾を取った。主菜は揚げ出し豆腐である。ほかには大豆の煮豆と香の物、梅干しがのっている。

「こいつはご馳走ですね」

「うむ、うまそうだ」

重兵衛の舌が鳴った。

「義兄上、妙なことを申しますが、これはまちがいなく、おそのどのがつくったものですよね」

重兵衛は箸を持つ手をとめた。輔之進がなにをいいたいのか、覚る。

「毒のことか。これがおそのちゃんがつくったのはまちがいないな。揚げ出し豆腐は何度もつくってもらっているゆえ。だが、俺たちの留守中、膳や味噌汁に毒を入れるのは確かにたやすいな」

「すみませぬ、妙なことを申して」

「いや、輔之進が警戒するのは当然だ。だが、毒味役がいるのならともかく、我らに確かめるすべはないな。せっかくつくってくれたものを捨てる気にもならぬし」

重兵衛は膳をにらみつけた。大きく息をついた。

「輔之進、俺は食べるぞ。毎度の食事にいちいち毒が入っているかどうか、気にかけるなど、俺には無理だ」

重兵衛はまずご飯に箸をつけ、口に運ぼうとした。その前に、輔之進が味噌汁をがぶりとやった。

「うむ、うまい」

重兵衛はあっけに取られた。

「輔之進、おぬしは若い。まだ先があるのだから、あまり無茶をするな」

「いえ、義兄上に毒味役はさせられませぬ。死ぬのなら、それがしのほうが先です。それが長幼の序というものでございましょう」

輔之進が揚げ出し豆腐をつまむ。

「だが、おぬしは興津家の当主だ」

「義兄上、どうやら毒は入っておらぬようですよ」

輔之進が顔をほころばせる。

「この揚げ出し豆腐は絶品ですね。うまさがぎゅっととじこめられています」

重兵衛も箸を伸ばした。

「うん、噛むと、旨《うま》みがじわっと出てきて、たまらぬな」

食事を終えると、重兵衛は風呂に入った。重兵衛が湯船に浸かっている最中、輔之進が薪《まき》をくべてくれた。

風呂から出て、寝衣に着替えた。着替えていると、ふと、くらっときた。重兵衛は疲れが全身を覆っているのを感じた。

「義兄上、少し顔色が悪いですね。早く休んでください」

「だが、今度は俺が風呂の火の番をせねばならぬ」

「いえ、けっこうです。もう湯は十分にあたたまっていますから」

「しかしな」

「いえ、本当にけっこうです。それがしはもともと烏《からす》の行水ですし」

重兵衛はほっと息をついた。

「そうか。ならば輔之進、言葉に甘えさせてもらってよいか」

「もちろんですよ」

笑顔でいった輔之進が、重兵衛の床を伸べてくれた。

「かたじけない」

「義兄上、早く横になってください」

わかった、と重兵衛は布団に横たわった。ふう、とため息が出るほど心地よい。

「では、それがしは風呂に入ってきます」

「うん、ゆっくり浸かるんだぞ。烏の行水はいかん」

「わかりました。ゆっくりお休みになってください」

行灯を消し、輔之進が部屋を出ていった。暗さに包まれて、重兵衛は目を閉じた。この建物からは、相変わらず妙な気配が発せられている。なんとなく鬼伏谷の屋敷と雰囲気が似ているような気がする。

だとしたら、どういうことだ。あの蜘蛛がここにいるというのか。冗談ではない。

だが、ここにいるとするなら、昨夜、出てこなければおかしいのではないか。出てこなかったということは、おらぬということだろう。

疲れと体のだるさがあって、いろいろと考えるのがつらくなっている。重兵衛は自分に都合のいいほうに考えた。

しばらくすると、湯を使う音が耳を打ちはじめた。平穏を感じさせる音で、重兵衛は気持ちが安らかになってゆくのを覚えた。

気づかぬうちに、眠りの海にゆったりと身をまかせはじめていた。


つと眠りが浅くなった。

そばになにかいることに気づいた。もぞもぞとうごめいている。

だが、重兵衛の目はなかなかあかない。いやな気配など夢にすぎない。今は目を閉じて、眠りの海をたゆたっていたい。

いや、夢ではない。右手にかすかな重みを感じている。目をあけた。

闇のなか、うっ、と声が出そうになったが、なんとかこらえる。手に蜘蛛がのっている。諏訪で、朋左衛門が自害するのに用いたのとまったく同じ蜘蛛だ。自分の手の上にいるのは信じがたいが、これは夢ではない。受け容れるしかない。不気味さがいやが上にも増してゆく。

建物を包んでいた妙な雰囲気は、やはりこの蜘蛛のせいだったことに、重兵衛は思いが至った。

手を動かしたい。だが、どうしてか動かない。体の疲れのせいだろう、と覚った。疲れ切って眠ったあとというのは、よくこういうことが起きる。

蜘蛛はそろそろと這い、腕のほうに移動しようとしている。今にも刺されるのではないか。恐怖が体を包む。

金縛りが解けたように、体にようやく力が入るようになった。これなら手も動くだろう。重兵衛はもう耐えられず、さっと腕を払った。その拍子に、蜘蛛が壁に向かって飛んでゆく。とん、と軽い音を立てて、ぽたりと畳に落ちた。死んではいない。またもぞもぞと動こうとしていた。

重兵衛は素早く立ちあがり、刀架にかかる脇差で叩き潰そうとした。だが、そうする前に背中にいやな感触を覚えた。別の蜘蛛が着物のなかに入りこんでいる。

体がかたまり、うわあ、と悲鳴をあげたかったが、なんとか耐えた。すぐにでも着物を脱ぎ捨てたかったが、そんなことをすると、蜘蛛を興奮させたり、怒らせたりしそうだ。蜘蛛は毒針を肌に突き立てるだろう。

ごくりと息をのみ、重兵衛はできるだけ静かに寝衣を脱いで、布団の上にそろりと落とした。それだけでは、むろん、背中のいやな感触は消えない。

首をねじって背中を見やる。我知らず、叫び声が出そうになった。蜘蛛が背中にぴたりと貼りついていた。下手に壁に押しつけて潰そうなどという真似をすれば、蜘蛛は必ず刺す。

どうすればいい。この蜘蛛も手で払うしかなさそうだ。蜘蛛は手の届きにくいところにいたが、重兵衛はなんとかやり遂げた。蜘蛛がぽとりと落ちたときには、心から安堵を覚えた。

重兵衛は刀架から脇差を取り、鞘を使って二匹の蜘蛛を潰した。

隣の間で寝ている輔之進は大丈夫だろうか。蜘蛛を脇差で殺したとき、大きな音が立ったにもかかわらず、隣の間は静かなままだ。

案じられた。重兵衛は声をかけようとした。だが、またも新たな蜘蛛を見つけた。布団の上を二匹が這っている。いったい何匹いるのか。どこからあらわれたのか。

重兵衛は脇差を使って慎重に二匹の蜘蛛を布団からどかし、畳の上で殺した。

「輔之進」

重兵衛は鋭く呼ばわった。だが、返事がない。

――まさか。

重兵衛は、隣の間との仕切りになっている襖をあけた。布団が敷いてある。だが、そこに輔之進の姿はなかった。

代わりに、十四近い蜘蛛が重なり合うように布団と畳の上を動いていた。目をそむけたくなるような不気味さである。

重兵衛は、そこにいる蜘蛛をすべて殺した。殺し終えて額の汗をぬぐったとき、廊下に人影が立った。寝巻姿の輔之進である。帯に脇差をねじこんでいる。

「義兄上。どうされたのですか」

「輔之進、どこに行っていた」

「厠《かわや》です。なにか物音がしたように思い、それで目が覚めたのです。しばらく耳を澄ませていたのですが、静かなままだったので、いつしかまたうとうとしてしまったようです。

しかし、ふと尿意を催したので、厠に行ったのですが」

輔之進が何匹もの蜘蛛の死骸に気づき、息をのむ。

「これは」

「輔之進、厠に行くときに、こいつらに気づかなかったのか」

「はい、まったく」

輔之進が情けなさそうにする。

「寝起きがあまりよくないものですから」

「とにかく刺されずによかった」

「義兄上は大丈夫ですか」

「二度ばかり今にも刺されるのではないかというのがあったが、なんともない」

二人は、ほかに蜘蛛がいないか、建物内を探すことにした。その前に、はっと輔之進が体をかたくした。

「義兄上」

顔をこわばらせて呼びかけてきた。

「それがしの右肩に一匹、います」

なんと、と重兵衛は思ったが、気持ちは冷静だった。

「輔之進、動くな。すぐに取ってやる」

重兵衛は手を伸ばし、輔之進の寝巻の襟元をくつろげ、静かに持ちあげた。うっ、と思ったが、顔には出さない。一匹の蜘蛛が輔之進の右肩にのっている。光る目でこちらを見ているような気がする。

重兵衛はゆっくりと寝巻をはぐようにし、輔之進の肩をあらわにした。蜘蛛はのそのそと動き、首筋を目指そうとしていた。

重兵衛は輔之進の背後にまわり、手を横に振った。蜘蛛が壁際に力なく落ちる。重兵衛は脇差の鞘で容赦なく殺した。

それを見て、輔之進が大きく肩を上下させた。深い息をつく。

「助かった」

「もうおらぬか」

輔之進がぎくりとする。すぐに体から力を抜いた。

「はい、もう大丈夫のようです」

重兵衛は輔之進をしげしげと見た。

「肩に蜘蛛をのせたまま厠に行き、用を済ませ、また戻ってきた。その間、よく刺されなかったものだ」

「それがしは運がよかったのですね」

「うむ、そういうことだな。この蜘蛛の群れは、日月斎の仕業だな。この建物に細工がしてあったんだ。日月斎がここに入りこみ、居着いたのには、こういうわけがあったんだ」

日月斎という男はとことん狙ってくる。いったいどうして、ここまで執念深くつけ狙われなければならないのか。

重兵衛と輔之進は明かりを灯し、あらためてほかに蜘蛛がいないか、探しはじめた。もし一匹でも残っていて、手習子が刺されたらたいへんなことになる。

重兵衛と輔之進が起居しているところには、一匹もいなかった。明るくなったときに再度、探さなければならないだろうが、今のところは見つからない。

行灯をそれぞれ両手で抱え、重兵衛と輔之進は教場に向かった。教場に入り、行灯を床の上に置いて、その近くをまず調べた。

次に天神机の下を探そうとして、行灯を移し、しゃがみこんだとき、いきなり轟音が耳を打った。雪崩《なだれ》のように天神机が崩れてきた。

うわ、っと声をあげて重兵衛と輔之進はあわてて下がった。かろうじて天神机の下敷きになるのはまぬかれた。がらがらといくつもの天神机が、近くまで転がってくる。

行灯は巻き添えに遭い、炎は消えてしまった。火がどこかに燃え移るおそれはなさそうだ。これはいったいなんなのだ、と重兵衛と輔之進は呆然と顔を見合わせた。これも日月斎の仕業なのか。

そのとき、いきなり殺気が迫ってきた。一つの影が丸まって迫ってくるのを、重兵衛ははっきりと見た。鈍い光が闇を裂く。重兵衛は脇差を抜いて、それを弾いた。軽い手応えがあった。

すぐに光が反転し、重兵衛の胴を狙ってきた。重兵衛はそれも脇差で叩き落とした。輔之進も脇差を抜いて、すでに戦っている。二人を相手にしていた。

賊は全部で三人のようだ。それ以上はいない。こいつらは、いったいどこからあらわれたのか。どこからか忍びこみ、ずっと天神机の下に隠れていたのか。

三人ともずいぶんと身軽だ。話にきく忍びのようである。得物も刀ではない。やや短い長脇差を手にしている。

闇のなかであるのに加え、その敏捷《びんしょう》さに重兵衛は手を焼いた。そこにいると思ったら、背後にまわって攻撃を仕掛けてくる。背後かと感じたら、横合いから突進してくる。

しかも重兵衛自身、本調子ではない。脇差が得物というのも、具合がよくない。そんななかでも、二人を相手にしている輔之進が気になった。相手を片づけられないだけで、自分はまず殺られる心配はない。

輔之進も脇差で戦っている。重兵衛は杞憂《きゆう》だったことを知った。輔之進は敵を圧倒していた。

二人の賊は、連係して輔之進を攻撃している。輔之進の前後を狙い、次は左右から、さらに斜め前と斜めうしろからというように、常に輔之進を挟みこむように襲いかかっている。

だが、輔之進はまったく動じていない。あわてることなく、的確に脇差を振るっては賊に傷を与えている。決して無理をしようとしない。好機と見ても、深追いをすることがない。二人の賊から、速さを奪うことだけを念頭に置いて戦っていた。

輔之進の狙いはものの見事に当たり、徐々に二人の賊からは敏捷さが失われてきた。すでに、二人とも攻撃の手を封じられ、これからどうしたらいいのか、と迷いに迷っている目つきになっている。

二人の動きがついにとまり、長脇差を構えて、床の上に立つだけになった。二人とも両肩が激しく上下している。ぜいぜいという息づかいがきこえるようだ。

対して、輔之進は涼しい顔をしている。実力があまりにちがいすぎた。

輔之進の戦いぶりに力を得て、この頃には重兵衛も勘を取り戻していた。目の前の賊は、輔之進が相手にしている二人より力は上のようだが、その素早い動きに慣れてしまえば、なんということもなかった。

賊は長脇差を執拗に振りおろし、横に払い、振りあげ、さらには突いてくる。跳びあがったり、体を沈めたり、横に動いたり、突っこんできたり、と攪乱《かくらん》しようとするが、重兵衛が動じることはなかった。

重兵衛は相手の動きを見極め、次々に脇差を振っていった。賊の動きを瞬時にとめるまでには至らなかったが、輔之進がしたように賊の体に傷を増やすことで、だんだんと動きを鈍くさせていった。

ついには、この賊も攻め手を失い、重兵衛の眼前で長脇差を構えているだけになった。賊は深くほっかむりをし、袖と裾をしぼって身動きをしやすくしてある。賊の呼吸は荒くないが、それはただ見せかけにすぎない。実際には息も絶え絶えなのが、心の臓の鼓動とともに伝わってくる。今は、いかにしてこの場を逃げだすか、そのことだけで心が占められているはずだ。

もっとも、重兵衛自身、かなりきついことはきつい。諏訪で長いこと、横になっているだけの日々をすごしたということは、体を相当なまらせたのである。喉の奥が燃えたようになっており、熱気が絶え間なく口中に送られてくる。

重兵衛はぎゅっと唇を嚙み締め、苦しさに耐えた。その様子を賊に隠そうとはしなかっ

た。むしろ、あからさまに見せた。

好機と見たか、賊が突っこむと見せかけてきびすを返した。だが、重兵衛はその動きを読んでいた。賊が動くより先に床板を強く踏み、跳躍した。一気に宙を飛び、賊の逃げ口をふさいだ。

のけぞって驚いたものの、賊はなんとか横をすり抜けようとする。重兵衛は間髪をいれず、脇差を振りおろした。強烈な手応えがあった。賊がうっとうめき、床板にうつぶせに倒れこんだ。

輔之進が目をみはって、重兵衛を見ている。それを逃さず、輔之進の前の二人の賊がさっと動いた。それに気づいて輔之進は追おうとしたが、わずかに動きが遅れた。

賊の足が勢いを増す。教場をあっという間に横切り、出入口に向かってゆく。

重兵衛もすかさず動いた。二人の賊は手習子たちが出入りする戸口に、体当たりをかました。

轟音を立てて、戸が向こう側に倒れる。二人の賊は闇に向かって体を躍らせた。

重兵衛は追いつけぬ、とすぐにあきらめたが、輔之進は必死の形相で追ってゆく。だが、しばらくして戻ってきた。肩を力なく落としている。

「申しわけない、逃がしてしまいました」

重兵衛は快活に笑った。

「輔之進、気落ちすることはない」

「しかし、それがしが油断さえしなければ捕らえることができたのです」

「輔之進、どうして俺のほうを見た」

それは、といって輔之進が小さく首を振った。

「とにかく驚いたからです。賊の逃げ場をふさいだ義兄上の動きは、信じられないほど機敏でした。やつらのお株を奪うような動きでした。病みあがりといっていいのに、しかも顔色があまりよくなかったのに、どうしてあんな動きができるのだろう、とそれがしは呆然としてしまい、賊のことが一瞬、頭から飛びました。そこをやつらに突かれてしまいました」

「気にするな、輔之進」

重兵衛は、がっしりと鍛えあげられている肩を叩いた。

「とにかく、一人は捕らえた」

重兵衛は顎をしゃくった。そこには身動き一つせず、賊が横たわっている。

「殺していないのですか」

「柄頭で頭を殴りつけただけだ」

重兵衛は脇差を鞘におさめた。

「まさかあのくらいで死んではおるまい」

正直、きつかったが、そのまま一睡もすることなく重兵衛は教場で朝を待った。日があがると同時に、輔之進に町奉行所に走ってもらった。

一刻後、河上惣三郎と善吉とともに戻ってきた。つややかな朝日を背中に浴びて、三人が足早に近づいてくる。

重兵衛が新川沿いの土手道に出て待っていると、惣三郎が顔をしかめた。どたどたと足音荒く走り寄ってきて、重兵衛の胸を拳骨で叩いた。

「おい、重兵衛、いつ戻ってきたんだ」

「おとといです」

「旦那、そいつは輔之進さんからきいたじゃありませんか。もう忘れちまったんですかい。まったく忘れっぽいですねえ。そんなんで、定廻りがつとまるんですかい」

「うるせえぞ、善吉。俺は重兵衛の口から、じかにききたかっただけだ」

惣三郎がもう一度、胸を叩く。痛かったが、重兵衛は黙って耐えた。

「おい、重兵衛、どうしてすぐに知らせねえんだ。まったく、水くせえぞ。俺は一日千秋の思いで、おめえが戻ってくるのを待っていたっていうのによ」

惣三郎は涙ぐみそうになっている。

「すみません。知らせようとは思っていたのですが」

「忙しさにかまけたのか」

「はい、いろいろとあって。まあ、いいわけですが」

「いろいろとあったってのは、日月斎のことも含まれているんだな」

「はい」

「ふむ、それなら仕方ねえ。重兵衛、俺のことは忘れていなかったんだな」

「もちろんです」

「わかった。信じるぜ」

惣三郎は、ほんの少しだけ機嫌を直してくれたようだ。

重兵衛は惣三郎と善吉を教場に案内し、捕らえた賊を見てもらった。すでにほっかむりは取ってあり、顔ははっきりと見える。ただ、舌を嚙むのを怖れて、重兵衛は猿ぐつわも嚙ませている。

「ほう、こいつはまた凶悪そうな面つきをしてやがる。いかにも裏街道を歩いてきましたって、陰気な面でもあるな。お日さまなんて、まともに見たことねえんだろう。まぶしくて目がやられちまう」

「それにしても、重兵衛さん、ずいぶんと力を入れてぐるぐる巻きにしてありますね」

善吉が感心したようにいう。

「逃げられたらまずいですから。こちらもいろいろと調べなければなりませんでした」

「調べるってなにを。だいたいのことは、輔之進からきいたが」

「たとえば、これです」

重兵衛は、教場の壁が切り取られ、小さな出入口がつくられている場所を指し示した。

「おっ、なんだ、こいつは。いつの間にこんなものをつくりやがったんだ。日月斎の仕業だな」

「ええ、まちがいなく。それと、こんなものもありました」

重兵衛は、床に置いておいた半尺四方の箱を掲げてみせた。

「そいつはなんだ」

「床下にもぐりこんで見つけたものです。地面に転がっていました。おそらく、日月斎はこれに何匹もの毒蜘蛛を入れておいたのではないかと。台所横の板の間の床板が二つ、はずれるようになっていました。その床板がはずされて、蜘蛛がばらまかれるように家のなかに入れられたのだと思います」

「だが、重兵衛、床板が勝手にはずれて、そこから蜘蛛が入ってくるわけがねえ。ということは、昨日、日月斎はここにやってきたということにならねえか」

「多分、河上さんのおっしゃる通りでしょう。手前はそんな気配には、まったく気づかなかった」

おそらく、と輔之進がいった。

「それがしが物音に目覚めたときですね。あのときぐずぐずせずに起きていれば、日月斎をつかまえることができたかもしれぬのに」

拳を握り締めて悔しがる。

「あまり気にするな。輔之進、次にがんばればいいんだ。次に活かさなかったら、ただの馬鹿だが、輔之進はそういう男じゃねえだろう」

惣三郎が力強く励ます。

「そうですよ、輔之進さん」

善吉がうんうんと顎を上下させる。

「旦那なんて、いつもへまばっかりしているのに、こうして胸を張って生きているんですよ。輔之進さんのなんて、へまのうちにも入りませんよ。旦那を見習って、力強く生きてください」

惣三郎が眉根を寄せて善吉を見やる。

「いつものことにすぎねえが、おめえは励ましているのか、けなしているのか、さっぱりわからねえ」

「旦那は血のめぐりがあまりよくないですから、わからなくても仕方ありませんね」

「てめえ、その口をいい加減閉じねえと、ぶん殴るぞ」

「はい、わかりました。閉じます」

善吉がぴたりと口を引き結んだ。

惣三郎が賊を見つめ、髷《まげ》を引っつかんで顔をあげさせた。

「こういうやつは自死なんてしねえもんだ」

惣三郎が猿ぐつわを取る。

「おめえ、日月斎の仲間か」

男はなにもいわない。

「それとも、殺し屋か。日月斎に頼まれて重兵衛たちを殺そうとしたのか。どこで日月斎に頼まれた」

男が鼻を鳴らしてそっぽを向く。

「ふん、なにも答える気はねえか。別にかまわねえよ。番所に引っ立てて、体にきくしかねえようだ」

善吉が息をのむ。

「旦那、まさか拷問にかけるんじゃないでしょうね」

「そのまさかに決まってるじゃねえか。もちろん俺たちが拷問なんてやれねえから、吟味方がやるんだが、あれはすさまじいぞ。みんな、すぐに気絶しやがる。気絶したあとは、たいていぺらぺらとしゃべるもんだ」

惣三郎がちらりと男に目をやる。

「ふん、脅しだって顔をしてんな。だが、こいつは残念ながら脅しじゃねえんだ。俺はこの重兵衛という男が大好きなんだ。その大事な重兵衛を殺そうとしやがった男に、容赦なんざしねえんだ。わかったか」

男がかすかに顔をゆがめた。

「ふん、わかったようだな」

惣三郎が忠実な中間を見る。

「よし、善吉、行くか」

「ええ、旦那、行きましょう」

善吉が、賊をぐるぐる巻きにした縄の先端をがっちりと握る。

「じゃあ、重兵衛、輔之進、こいつはもらっていくぜ」

「はい、よろしくお願いします」

「あの、それがしがついていきます」

輔之進が申し出た。

「ああ、それがよいな」

重兵衛も同意した。

「重兵衛、輔之進、俺たちだけじゃあ、番所に引っ立てるのは無理だっていうんじゃねえだろうな」

ちがいます、と重兵衛はかぶりを振った。

「輔之進が話したと思いますが、昨夜、襲ってきたのは三人でした。残りの二人が、御番所までの道中、その男を取り返しに来るのではないかと輔之進は危ぶんでいるのです」

輔之進が深くうなずく。

「その二人が逃げたのは、それがしのしくじりです。もし河上さんたちが、二人に襲われてなにかあったらと思うと、いても立ってもいられませぬ」

「なるほど、そういうことかい」

惣三郎は納得した顔である。

「旦那、是非とも警護についてもらいましょうよ」

善吉が懇願する。

「うむ、そのほうがいいな。ということだ、輔之進、頼めるか」

「もちろんです」

輔之進が胸を叩くようにいった。

「よし、じゃあ、行こう」

歩きだす前に、惣三郎が重兵衛に目を当ててきた。

「こいつが何者で、日月斎とどういう関係なのか、必ず明かしてやるから、重兵衛、おとなしく待っているんだぜ」

「はい、よろしくお願いします」

ふふ、と惣三郎がおかしそうに笑う。

「おとなしく待っている気なんかねえくせに、重兵衛、よくいうぜ」

惣三郎が土手道にまず出た。縄を手にした善吉が続く。そのうしろにさらに輔之進がついた。

賊を含めて全部で四人の男は強さを増した朝日を正面に浴びて、少しずつ土手道を遠ざかってゆく。

重兵衛は男たちの姿が見えなくなるまで見送ってから、白金堂に戻った。肩の傷が少し痛い。熱も持っているようだ。だが、このくらい、なんということはない。完治のための儀式みたいなものだ。

重兵衛は居間に座り、例の殺し屋から贈られた刀を抜いた。刀身をじっと見る。

日月斎の先には、松平備前守という老中首座がいる。

この男を徹底して調べなければならない。そして悪事が明らかになった場合、老中首座に対して、この刀を使うことになるかもしれなかった。

背筋を伸ばし、重兵衛は一人、刀の手入れをはじめた。

第四章

一

惣三郎によれば、昨夜襲ってきた三人の男は、八咫烏《やたがらす》と呼ばれている殺し屋ではないかということだ。

「八咫烏ですか。三人で、ひと組ということですか」

重兵衛は惣三郎にきいた。

「そういうことだ。一人で殺しを行うこともあるらしいが、たいてい三人で仕事をこなすようだ。八咫烏といえば、神武《じんむ》天皇が御東征の折り、道に迷われたときに道案内をしたといわれる鳥だ。神皇産霊尊《たかみむすひのみこと》の孫である賀茂建角身命《かもたけつのみのみこと》の化身と伝えられているが、重兵衛、知っているか」

「はい、なんとか」

惣三郎の背後で、善吉が不思議そうな顔をしている。

「旦那は今、なんていったんですかい。むずかしい言葉を口にしましたよねえ。よく舌がまわりましたね」

「ああ、神皇産霊尊と賀茂建角身命のお二人のことか」

「ええ、さいです。あっしはさっぱり覚えられないんですけど、お二人は何者ですかい」

「昔のえらい人だ。おめえはそれだけ覚えておけばいい」

「はあ、さいですかい」

「賀茂建角身命は神さまです。下鴨神社の御祭神ですよ」

「下鴨神社というと、京の神社ですね。ああ、重兵衛さんは本当にやさしいですねえ。あの、もう一人はどういうお方なんですかい」

「神皇産霊尊は天地開闢《かいびゃく》のとき、高天原《たかまがはら》にあらわれ出られた神さまのお一人ですよ」

「はあ、さいですかい。高天原はきいたこと、ありますね」

「重兵衛、やめとけ。もうこいつは興味を失ってる」

「いえ、そんなことはありませんよ」

善吉がいい張ったが、確かに惣三郎のいう通りのようだ。

「八咫烏というと」

重兵衛の隣に座る輔之進がいった。

「太陽のなかにいる三本足の烏のこともいいますね」

「ああ、唐の国の伝説だな」

惣三郎がうなずき、続ける。

「三人組だから、多分こっちの意味のほうを使っているんだろう」

「それぞれの名はわかったのですか」

「いや、わかってねえ。昔、闇の世界にいた年寄りに話をきいてきたんだが、八咫烏という名だけがわかっていて、それぞれの名は知られていねえらしい」

重兵衛はふと思いだしかけて、天井を見つめた。おそのが掃除をしてくれるおかげで、この座敷の天井も、前にくらべたらだいぶきれいになった。

「八咫烏というと、戦国の頃の武将が旗印として使っていませんでしたか」

「ああ、さすが重兵衛だ、よく知っているな。紀伊《きい》の雑賀衆《さいかしゅう》だ。戦国の鉄砲隊といえば、最初に名が出てくる連中だな。雑賀孫市《まごいち》という武将が特に名が知れている」

惣三郎が、重兵衛のだした茶を飲んだ。

「俺が話をきいた年寄りによると、八咫烏の三人は雑賀の血を引いていると自称しているらしいぞ」

「雑賀の血を……」

重兵衛は左肩をさすった。それだけで少し痛み、顔をしかめた。

「まだ治りきっていねえようだな」

「はい。じき完治するとは思うのですが。手前を鉄砲で狙った男の名はわかっていませんが、雑賀となにか関係があるのでしょうか」

「ふむ、そうだったな」

惣三郎が腕組みをする。

「いわれてみればその通りだ。よし、わかった。重兵衛、調べてみよう。なにかの手がかりになるかもしれねえ」

「よろしくお願いします」

重兵衛はこうべを垂れた。

「重兵衛、そんな堅苦しい真似はよさねえか。俺たちは友垣じゃねえか。友垣ってのは、困ったときに力になれるやつのことをいうんだ。だから、そんな真似をしちゃあ、いけねえんだよ」

重兵衛はあわてて顔をあげた。

「わかりました。もう二度としません」

　惣三郎がにこりとする。

「それでいい。ところで重兵衛、今日は一日なにをしていたんだ。なにかつかめたことはあったか」

「いえ、なにもありません。ひたすら寝ていました」

「寝ていたって。その肩の傷のせいか」

「ええ、さようです。熱が出て、ひどく体がだるかったものですから、思い直して今日は安静にしていようと考えました。お医者からも無理は禁物といわれていたのを、思いだしましたし」

「ふーん、そういうところがおめえはええなあ。ふつうの者は、わかっていても無理をしちまうもんなんだ。それで取り返しがつかなくなったりする。それでどうだ、体調は少しはよくなったか」

「はい。まだ傷は痛みますが、今夜一晩寝れば、大丈夫でしょう」

「顔色は悪くねえぜ。つやつやしているとはいわねえが、少なくとも病人の顔色には見えねえな」

　惣三郎が茶を飲み干す。善吉も同じようにした。

「本当はもうちっとゆっくりしてえところだが、今日は番所に戻って、書類仕事の一つもこなさねえと、ちとまずかろうぜ。よし、善吉、引きあげるぜ」

「合点承知」

惣三郎は善吉を連れて、白金堂を出ていった。日が陰り、すっかり夕暮れの雰囲気になっている。それに加えて、少し靄《もや》が出てきていた。土手道を行く二人の姿は薄闇と靄に紛れ、あっという間に見えなくなった。

重兵衛と輔之進は白金堂に戻ろうとした。背後に人の気配を感じ、振り向くと、ちょうどおそのが駆けてきたところだった。

「おそのちゃん」

重兵衛は、想い人の顔が思いもかけずに見られて胸が高鳴った。

「済みません、遅れてしまって。今から夕餉の支度をしますから」

「ああ、そいつは助かる」

井戸で手を洗って、おそのが台所に向かう。

「今日はうちにお旗本が見えて、私も駆りだされていたんです。村名主もいろいろとあって、けっこうたいへんですよ」

実際におそのの家には、旗本や大名が休息を名目によく寄っている。そのたびに、殿さまだけでなく、家臣たちにも茶や菓子、あるいは酒食を供さなければならず、おそのたちには目がまわるような忙しさだろう。

「旗本というと」

「三千五百石の御大身です。なんでも、連内寺《れんだいじ》のご住職にお会いになった帰りだそうです」

「連内寺のご住職というと、安択《あんたく》さまだな。大名や旗本にずいぶんと厚い信頼を寄せられておられるときくな。久しくお顔を拝見しておらぬが、お元気にしておられるのかな」

「はい、ご高齢の割にというと失礼ですが、矍鑠《かくしゃく》としていらっしゃいます」

「そうか。またそのうちお顔を見に行くとするか。ところでおそのちゃん、大丈夫か。疲れてないか」

「はい、へっちゃらです。重兵衛さんたちのために食事をつくるほうが疲れが飛びます」

にっこりと笑ったおそのが手早く米を研ぎ、味噌汁を作りはじめる。今日の主菜は焼き魚のようだ。鯖《さば》である。

「こいつはうまそうだ」

重兵衛はごくりと喉が鳴った。

「まったくです。よく脂がのっていますよ。鯖なんて、いつ以来かわかりませぬ。江戸に出てきて、本当によかったと思います」

おそのがにっこりする。

「でも、殿方は出ていてください。台所はおなごの場所ですからね」

重兵衛と輔之進はうなずき合ってから、台所を引きあげた。

夕餉はおそのも一緒にとった。鯖は焼き方がすばらしく、余分な脂がとんでおり、うまさだけが口に残った。

夕餉のあと、重兵衛はおそのを家まで送っていった。門のところまで来て、おそのを抱き寄せ、口を吸った。

その後、二人はしばらく抱き合っていた。

「ずっとこうしていたい」

おそのが湿った声でつぶやく。

「俺もだ」

重兵衛はいい、強く抱き締めた。

「いま関わっている事件が終わったら、一緒になれる。おそのちゃん、済まないが、それまで待っていてくれ」

「ええ、よくわかっています。私が力になれたらどんなにいいか」

「そうだな。だが、俺の心にはいつもおそのちゃんがいる。常に一緒に戦っている。それだけは忘れないでくれ」

「わかりました」

重兵衛はもう一度、おそのの口を吸った。そのことで逆に別れがたくなってしまったが、なんとか白金堂への道を歩きはじめた。


翌朝早く、重兵衛と輔之進は連れ立って白金堂を出た。二人とも両刀を腰に帯びている。左馬助は道場のほうではずせない用事があるとのことで、今日は顔を見せない。

重兵衛と輔之進が目指したのは、木挽町四丁目である。

諏訪家の上屋敷内で、また柿ヶ崎作之助に会った。

「おう、重兵衛、よく来てくれた。昨日、またなにかをききにやってくるかと思って首を長くして待っていたが、来なかったな。なにかあったのか」

重兵衛は一日休んでいた旨を伝えた。

「肩の傷が悪くなったか。大丈夫か。医者に診せたほうがよくないか」

「いや、一日たっぷり休息を取ったら、元気になった。もう大丈夫だ」

「そうか。ならよいが、重兵衛、決して無理をするんじゃないぞ。鉄砲傷というのは怖いものだからな。鉛の毒がとにかく怖いんだ。わかったか」

「うむ、よくわかっている」

重兵衛は作之助を見つめた。作之助が照れる。

「重兵衛、そんなに見つめんでくれ。おぬしに見つめられると、俺は困ってしまう」

そんなことをいわれて、むしろ重兵衛のほうが弱った。輔之進も、どういう顔をすればよいのか、窮した表情だ。

作之助が咳払いをする。

「重兵衛、またなにかききたいことがあって訪ねてきたんだろう。今日はどんなことだ」

「老中首座松平備前守のことだ」

作之助が渋い顔になる。

「あの男については、おととい以上のことは知らんのだ。そうだ、重兵衛、俺と一緒に調べてみるか」

「よいのか。お役目のほうは」

「かまわぬ。どうせ、暇だ」

重兵衛たちは上屋敷の外に出た。真夏のような暑さに包まれる。

「ひゃあ、こいつはすごいな」

作之助がこわごわ空を見あげる。

「久しぶりに外に出ると、太陽がまぶしすぎるぞ。目をあけていられぬ」

「作之助、たまには日の光に当たらんと、体によくないのではないか。猫だけでなく、犬もよく日だまりにいて日の光を浴びているが、あれは体によいからだろう」

ははは、と作之助が笑う。

「重兵衛、逆襲に転じてきたか。わかったよ。屋敷にこもってばかりいないで、これからはできるだけ外に出ることにしよう」

作之助が歩きつつ、重兵衛を見た。

「それで重兵衛、老中首座を調べるのに、どういう手立てを取るのがよいと思う」

「人となりなど、詳しい人を捜すのがいちばんではないかな」

「それはその通りだが、おもしろみはないよなあ」

「別におもしろみは求めておらぬ」

「なあ、重兵衛、岡場所には行ったことはあるのか」

「岡場所だって」

重兵衛は、以前、作之助に吉原に連れていけといわれて一緒に行き、そのことがおそのにばれたことがある。吉原に行っただけで、登楼はしていないのだが、誤解を解くのにずいぶんと労力を費やしたものだ。それも考えてみれば、作之助が口を滑らしたことが発端だった。

「俺は行ったことはない。作之助、また連れていけというんじゃないだろうな」

「いや、行ったことがないのなら、それでいいんだ。岡場所というと、老中の気分次第でよく潰されたりするじゃないか。それでもしぶとく生き残っているんだろうが、そういうところの人なら、老中のことで知っていることは包み隠さずになんでも話してくれるんじゃないかって思ったまでだ。それに、ああいうところは武家も大勢、繰りだすんだろう。老中首座の裏話なんか、いくらでも転がっているんじゃないか」

重兵衛は輔之進に顔を向けた。輔之進が見返してきた。いいところに目をつけているのではありませんか、と瞳が語っている。

「よし、わかった。作之助、岡場所に行こうではないか」

「まことか、重兵衛」

作之助が喜色を浮かべる。

「ああ、嘘はいわぬ。だが作之助、もし俺の許嫁に会っても、岡場所に行ったなど、口が裂けてもいわぬようにな」

「もちろんだ。俺はいわぬ。なにしろ、口の堅さでは定評があるゆえな」

向かったのは深川の岡場所である。深川には何ヶ所かあるが、そのうちの一つだ。

「いいなあ、こういうところは」

作之助が感嘆している。

「なんというか、怪しげな雰囲気がたまらんよなあ。一人では決して来る気にならんが、重兵衛と輔之進どのが一緒なら、千人力だ。怖いものなしってところだな」

ぶつぶつ一人でいっている。

「ここがいいかな」

一軒の店を見あげている。

「なにか、いい話をきけそうなにおいがするなあ。——重兵衛、入ってよいか」

「ああ、好きにしろ」

あまり上等そうではない店である。もともと吉原に匹敵するような店はなく、茶屋のような建物だ。これは取り締まりを警戒するためだと重兵衛はきいたことがある。むろん、遊女がしなをつくって顔をだしてもいない。

「いらっしゃいませ」

いかにもやり手婆という感じのばあさんが寄ってきた。

「お三人ですか」

「いや、客ではないのだ」

作之助がぶっきらぼうにいう。

「ひやかしですか」

ばあさんがいやそうな顔になった。

「いや、客にはなりたいのだが、ちょっと話をきかせてもらいたくてな」

「お話ですか」

「ただとはいわぬ。酒手ははずむぞ」

おひねりを取りだし、素早くばあさんの袂《たもと》に入れた。

「どんなことをおききになりたいんですか」

少しだけだが、ばあさんの口調と物腰がやわらいだ。

「老中首座松平備前守のことだ」

ばあさんがあっけに取られる。

「お侍、なにをおっしゃっているか、おわかりですか。ここは大きな声じゃいえませんけど、岡場所ですよ」

「そうだ。おまえさん、老中首座松平備前守のことは好きか」

「お侍、まさかお役人じゃないですよね」

「俺はれっきとした勤番侍だ。どこの出かはいえぬが。この二人はちょっとわけありで、身分すら明かせぬが、悪い連中ではない。侍は侍だ」

ばあさんが重兵衛たちを見やる。

「こちらのお二人のほうが、いい男じゃないの」

小さな声でつぶやいた。

「わかりました。こちらにどうぞ」

重兵衛たちは階段下のひときわ暗い部屋に連れていかれた。かび臭さが鼻をつく。

ばあさんが裾《すそ》をそろえて正座した。重兵衛たちは肩を寄せ合って座った。

「老中首座松平備前守さまのことをどうしてお知りになりたいんですか」

ばあさんがきいてきた。

「ちょっといろいろとあるんだ。そのあたりはきかんでくれ」

作之助がいって、おひねりをまたばあさんに渡した。

「すみませんねえ」

「それで、おまえさん、松平備前守のことに詳しいか」

「いろいろと噂話はききますねえ」

「たとえばどんな噂だ」

「養女を将軍さまの側室にしているとか、その関係で大奥との結びつきがひじょうに強いとか、旗本の部屋住から成りあがったとか、幼い頃から将軍さまの大のお気に入りだったとか、そのために将軍さまを意のままに動かしているとか、そんなことですかねえ」

「ああ、そうか。もともとの出は旗本だったな。確か大身の旗本の三男坊だ。今の将軍家がまだその座に着いていらっしゃらぬときから、親しくまじわっていたという話もあるな」

　作之助は一人、納得している。

「もっとも、悪い噂ばかりじゃないんですよ。人との結びつきを大事にして、一度親交を結んだ人を裏切るような真似は、ほとんどしないという話もききますねえ」

「その話は、ほとんど、というのがみそだな。政の中枢にいる以上、冷酷に裏切ることだって平気でやるだろう」

　作之助がばあさんに視線を流す。

「金のほうはどうかな。老中になってかなり長いはずだ。老中というと、金は相当使うことになるだろう。どこからそれだけの金を得たのかな」

「領国は陸奥《むつ》の山のなかで、そんなに豊かとはいえないところですものねえ。お金の出どころについて、あたしはきいたこと、ありませんねえ」

「そうか、それは残念だ」

「お金のことじゃありませんけど、そういえば、旗本の部屋住だった頃、大病を患って一時は危うかったという話はききましたねえ。そのとき亡くなっていたら、今の老中首座松平備前守さまはいらっしゃらなかったことになりますもの。その話は酒宴の席で出たんですけど、つまりは余計なことをした医者がいたということだな、と酒宴のお侍方は笑い半分、怒り半分という風情でしたよ」

その医者こそ、諏訪を追われた卓鉄ではないだろうか。

「そのとき病を治した医者の名はわかるか」

輔之進がばあさんにたずねた。

「いえ、わかりませんねえ。お侍方もご存じのお方はいらっしゃいませんでしたよ」

「ほかに知っていることはないか」

遠慮なく作之助がきく。ばあさんの頭のなかにある松平備前守のことは、すべて吸いあげるつもりでいるようだ。

「そうですねえ」

ばあさんが考えこむ。

「ほら、薬だ」

作之助がまたおひねりをやる。すみませんねえ、とばあさんがありがたく受け取った。

「おかげで一つ思いだしましたよ。御三卿のお一人とずいぶん親しくされているのではないかしら。そんなことを以前、やっぱり宴席で耳にしましたよ」

御三卿というと、田安《たやす》、一橋《ひとつばし》、清水《しみず》の三家である。田安家と一橋家は八代将軍徳川吉《とくがわよし》宗《むね》の子がはじまりだが、清水家は吉宗の子で九代将軍家重《いえしげ》が次男のために興した家である。将軍に跡継がいなかった場合、後継者を立てることが目的の家だ。家格としては、御三家に次ぐものである。

「ほう、御三卿か。そいつは初耳だ。それは誰かな」

「確か、一橋さまだと思います」

「もちろん、懇意にしているのは今の一橋家の当主だな」

「それはそうでございましょう」

「ふむ、一橋侯か」

重兵衛は考えこんだ。

「どうした」

重兵衛と呼びそうになって、作之助が口をつぐんだ。ここでは、できるだけ名はださないほうがいい。

「いや、一橋侯はうちの村によく来ているんだ。信仰の深い寺があってな、そこの住職と仲がよくて、よく話をするそうだ」

寺は昨日、おそのの口から出た連内寺で、住職は安択である。一橋家といわれて、重兵衛はありありと思いだした。一橋侯の駕籠は、白金村で何度か見かけたことがある。

そういえば、とさらに脳裏をよぎることがあった。おそのと二人でいるとき、一挺の駕籠がとまり、そこから強い視線を覚えたこともある。いま思えば、あれはなんだったのか。

一橋侯が、もしやこたびの件に関係しているのか。

「一橋侯について、噂話をきいたことがあるかい」

重兵衛の思いを覚ったように、作之助がばあさんにたずねる。

「どうでしたかねえ」

盛んに首をひねっている。

「ほら、受け取れ」

作之助がまたもおひねりを差しだす。ありがとうございます、とばあさんがしわを深めてにんまりと笑う。

「こう申してはいけないのでしょうけどね、とにかく女の人にだらしないという評判ですよ」

ばあさんが品のない笑いを漏らす。

「なんといっても、一橋さまといえば、家斉《いえなり》さまのお家じゃないですか。その同じ血を引かれていますからねえ」

十一代将軍家斉は四十人を超える妻妾とのあいだに五十五人の子をもうけたといわれる。とにかく絶倫の将軍として知られていた。

「そういえば、松平備前守さまが一橋さまに、何人もの側室を送りこんでいるという噂もあったような気がしますねえ」

「そうか、それだけ今の一橋侯は好き者ということなのだな」

作之助がちらりと重兵衛を見た。収穫があったか、と目で問うている。

十分だ、という意味で、重兵衛はうなずきを返した。

二

一橋家というが、これは名字ではない。地名からそう呼ばれているだけだ。

たとえば、御三家はいずれも徳川家だが、水戸《みと》家、尾張《おわり》家、紀伊家と呼ぶのと同じである。一橋家も当然、徳川家だ。

そんなことを道々、作之助が教えた。

一橋家は千代田城の一橋御門内にある。十万石の采地を持つ大名である。

「屋敷を見たいといっても、重兵衛、城内だから入れぬぞ」

「わかっている」

重兵衛はうなずいた。

「一橋家について、これまでほとんど知らなかったから、どこにあるのか、それくらいは知っておきたくてな」

「そうか。じきだ」

それから二町ほど進んだところで、作之助が足をとめた。

「あれが一橋御門だ。あの向こう側に屋敷がある。大きな屋根が見えているだろう。あれがそうだ」

さすがに宏壮な構えであるのが、屋根だけ見てもわかる。門はあいている。あの門も、暮れ六つになると閉まるのだろう。

「今の一橋侯に、将軍になれそうな目はあるのか」

作之助があっさりと首を横に振る。

「そいつはさすがに無理だな。将軍家にはれっきとした嫡子がいらっしゃるし、その下にも何人か男子がいらっしゃるからな。天地が引っ繰り返るような、よほどの幸運に恵まれぬ限り、目はなかろう」

そうか、と重兵衛はいった。

「ところで作之助、さっきの岡場所のばあさんには、いくらやったんだ」

「たいしたことはない。おひねりだからな」

「おひねりにはいくら入れていたんだ」

「二文だが」

「なんだと」

「多いか」

「いくらなんでも少なかろう」

「そうか。俺は相場を知らんのでな。いくらくらいならよいのだ」

「ああいうのは、そうさな、一朱くらいか」

「一朱だと」

作之助が絶句する。

「おひねりは金持ちだけのものだな」

それで会話が途絶えた。

重兵衛は長いこと一橋御門を見つめていた。横で、輔之進も身じろぎせずに眺めている。

ふと、一橋御門から大名駕籠が出てきた。かなりの人数がつきしたがっている。五十人はくだらない。

「重兵衛、輔之進どの」

作之助がうわずった声をだした。

「あれは、松平備前守の駕籠だぞ」

「まことか」

重兵衛は目を凝らした。

「うむ、まちがいない。家臣たちの陣笠に描かれた家紋は、松平備前守のものだ」

「役宅に帰るのでしょうか」

輔之進が冷静な声を発して見つめる。

「かもしれぬ。輔之進、ついていってみるか。だからといって、なにか意味があるかどうか、わからぬが」

「きっと意味はあるでしょう。一橋家を見に来ていて、松平備前守の行列に出くわすということが、偶然とはとても思えませせぬ」

重兵衛たちは、急ぎ足で行く行列のあとをついていった。あまり距離を行くことはなく、輔之進がいった通り、行列は松平備前守が老中として与えられている役宅に入っていった。千代田城にひじょうに近い場所だ。なにしろ大手門前である。

「さすがに役宅のなかまでは追っていけぬな。重兵衛、これからどうする」

「松平備前守と一橋家が、岡場所のばあさんの言葉通り、親密らしいのはわかったな。俺が気になっているのは、一橋侯の駕籠を白金村で何度か見ているということだ」

重兵衛は松平備前守の役宅を見つめつつ、言葉を続けた。

「知っての通り、俺は白金村の手習師匠だ。ふだんは村で暮らしていて、外に出ることは滅多にない。ときおり、買物に品川に行くくらいのものだ。そんな男が、どうしてこうまで執拗に命を狙われなければならぬのか。諏訪家絡みかと思ったりもしたが、やはり心当たりはまったくない。だが、白金村のなかで起きたことに由来しているのなら、と一橋家の屋根を眺めていて思えてきた」

「重兵衛は、これまでの一連のことに、一橋侯が関係しているのではないか、とにらんでいるということか」

「そうだ」

重兵衛は首肯した。

「考えてみれば、俺が狙われだしたのは、一橋侯の駕籠を白金村でよく見るようになってからだ」

「重兵衛、おぬし、一橋侯とのあいだに、なにか諍《いさか》いとかもめ事があったのか」

重兵衛はかぶりを振った。

「いや、ないな」

「それなのに、命を狙われるのか」

「大名というのは貴人だ。貴人は奇人に通ずる。こちらが思いもしない理由で、命を狙ってても不思議はなかろう。もちろん、一橋侯がじかに俺を狙ったわけではない。狙ってきたのは、日月斎だ。日月斎は、まちがいなく松平備前守の命で動いている。一橋侯が、俺のことをなんらかの理由で邪魔だと考え、松平備前守にこの世から除いてほしいと頼んだとすれば、どうだろうか」

「十分に考えられます」

輔之進が大きく首を上下させた。

「義兄上を除こうとした理由というのは、どんなものでしょう」

「一つしかないと思っている」

重兵衛はいいきった。

「岡場所のばあさんは、一橋侯は女好きだといった。だとすれば考えられるのは――」

「おそのどのか」

作之助が呆然としている。

「つまりは、こういうことか。白金村に懇意にしている住職がいて、寺に通ううちに一橋侯はおそのどのを見初《みそ》めた。父親の田左衛門どのに側室にほしいと申し入れたが、おそのどのには、すでに重兵衛という許嫁がいる。重兵衛と一緒になったほうが、娘は幸せになれる。おそのどののことを考えて、田左衛門どのは一橋侯の申し入れを断った。まさか断られるなどと思っていなかった一橋侯は、怒りに打ち震えた。それならば、その許嫁が死んでしまえば文句はなかろうと考えて、一橋侯は松平備前守を介して、重兵衛の命を狙いはじめた」

重兵衛は静かにうなずいた。心の奥底から湧いてくる怒りを抑えきれずにいるが、面だけは平静そのものだ。

「気づかなかった。迂闊《うかつ》だった」

輔之進がゆっくりと首を振った。

「まさかそんな理由で執拗に狙われるとは、誰も考えませぬ。義兄上は迂闊でもなんでもありませぬ。そんな理由で人の幸せを奪おうとする輩のほうが悪いのです」

「輔之進どののいう通りだ。重兵衛、一橋の馬鹿者を懲《こ》らしめてやりたいな。俺も力を貸すぞ。どうすればよい」

「いや、作之助、先走るな」

　重兵衛は、心に渦巻く怒りをなんとか抑えこんだ。

「まだ一橋侯と決まったわけではない。村に戻り、村名主の田左衛門どのに話をきこうと思う」

「うむ、そうか。まずは裏づけを取らんといかんな。俺としたことが、つい興奮してしまった。重兵衛、俺も白金村に行ってよいか」

「今から村に行って、上屋敷の門限に間に合うか」

「なんとかなる。門限は暮れ六つだが、これは建前にすぎぬ。そのときにはむろん長屋門が閉まってしまうが、だいたい夜の四つまでに戻れば、大丈夫だ。そのくらいなら帰れるだろう」

「村に泊まることができたらよいのにな」

「それがいちばん楽だが、大名家に仕える士が外泊は許されぬ。俺たちの役目は主家を守ることだ。いざというとき、よそに泊まっていましたでは、なんのために禄をいただいているのか、わからなくなる」

重兵衛たちは、白金村への道をたどりはじめた。まだまだ陽射しは強く、照り返しもきつい。汗だくになりながら、村を目指した。ふだん、ろくに歩いていない作之助は、ひいひいと息を荒げて足を運んでいる。

あと三町ばかりで白金村に入るというとき、おや、と輔之進が声を漏らした。

「あれは」

輔之進は、新川沿いの対岸の土手道を見つめている。

そのときには重兵衛も認めていた。

「そっくりだな」

重兵衛は懐から人相書を取りだした。これは左馬助が譲ってくれたのだが、日月斎の似顔が描かれている。

「まちがいない。日月斎だ」

十徳を羽織った日月斎は、やや陰りはじめた陽射しを受けて、土手道を一人、すたすたと重兵衛たちと逆の方向へ歩いていた。こちらに気づいた素振りはない。目を前方に向けて、一心不乱という風情で歩いている。日月斎とは十間ばかりしか隔てていないのに、対岸というのがなんとも腹立たしい。

土手を降り、川に入って流れを突っ切り、再び土手をあがって対岸に行き着くことは、やってできないことはないだろう。だが、かなりの時間がかかるし、確実に日月斎はこちらに気づくにちがいない。今だって、本当に気づいていないかどうか。

「行こう、輔之進」

作之助が申し出る。

「俺もついていってよいか」

「駄目だ」

重兵衛は厳しい口調でいった。

「なぜだ」

作之助が悲しげな顔になる。

「足手まといか」

「まあ、そうだ。作之助は剣が遣えぬ」

「斬り合いになるのか」

「ならぬと考えるほうがどうかしているだろう。作之助、今日のところは上屋敷に戻れ」

重兵衛は日月斎に目を向けた。こちらからは背中が見えるようになっている。まだ距離はさほどのものではない。

「作之助、いろいろとありがとう。おぬしのおかげで助かった」

「まことか」

「うむ。おぬしがいてくれたおかげで、探索が進んだ」

「解決しそうか」

「必ずする」

「それか。俺はうれしいぞ、重兵衛」

作之助は泣きそうになっている。

「義兄上。そろそろ行かぬと」

輔之進は気が気でない様子だ。

「では、作之助。これでな。また会おう」

「ああ、必ずだ、重兵衛」

「うむ、必ずだ」

重兵衛は作之助の両手をぎゅっと握った。作之助にうなずいてみせてから、さっと体をひるがえした。

重兵衛と輔之進は新川沿いの土手道を、いま来たばかりの方向に戻りはじめた。日月斎は歩調を変えることなく歩いてゆく。

「あの男、白金村のほうから来ましたね。またなにか仕掛けたのでしょうか」

「かもしれぬ」

重兵衛は後ろ姿をにらみつけた。

「とにかく、この機会を決して逃がすわけにはいかぬ」

だが、それから二町ほどのところで、日月斎は左に曲がり、土手道を降りてしまった。

輔之進が土手を降り、そのまま新川に入ろうとした。だが、それを重兵衛は引きとめた。

「輔之進、あそこに橋がある。あそこを渡ったほうが早い」

重兵衛は駆けだした。一町ばかり先に、新川に架かる橋がある。四ノ橋である。

重兵衛たちは四ノ橋を渡り、対岸に出た。道を逆に走り、日月斎が消えたあたりまで戻ってきた。

付近は町屋が立てこんでいる。武家屋敷も少なくない。町人、侍を問わず、大勢の人が行きかっている。はっきりとしたことはわからないが、ここは麻布のどこかだろう。

どこに日月斎は姿を隠したのか。

輔之進が唇を噛み締めている。

「くそっ、どこへ行った」

重兵衛は、なぜか一つの路地に目が吸い寄せられた。あそこだという気がした。

「輔之進、ついてこい」

重兵衛は土手を降りた。輔之進が続く。

二人は路地に駆けこんだ。

「義兄上、どうしてこの路地だと。似たような路地はいくつもありましたが」

「直感だ。引きつけられるものがあった。まちがえていたら、済まんというしかない」

夕闇がだいぶ濃くなっている。日月斎は見つからない。あたりは武家屋敷ばかりになっている。しかも、重兵衛の息は荒くなりつつある。喉が焼けてきていた。足も重くなっている。

ちがったか、この道ではなかったかと重兵衛が弱気になったとき、日月斎らしい男の姿が不意に視野に映りこんだ。

「あそこだ」

輔之進にいって、重兵衛は左に入る道に走りこんだ。日月斎は、半町ほど先の角をちょうど折れたところだった。あと一瞬、顔を向けるのが遅れたら、まず日月斎の姿を見ることはなかった。日月斎が着る十徳が風に揺れたのも、重兵衛の目には見えていた。

重兵衛たちは、日月斎の折れた道を曲がった。いきなり足をとめることになった。剛剣が襲いかかってきたからだ。重兵衛はうしろに下がってよけ、輔之進は横に跳ぶようにかわした。重兵衛の鼻面を刀が振り下げられていった。

だが、重兵衛は見切っていた。すぐさま抜刀する。刺客を見た。男は顔を隠していない。自信満々にさらしていた。

「きさまは」

鬼伏谷において甲冑《かっちゅう》姿の侍たちに重兵衛たちは襲われたが、いま目の前に立っているのは、指揮を執っていた首領である。あのときは倒せなかったが、まさかまたあらわれるとは思っていなかった。

「いい度胸だ」

重兵衛は男にいった。

「うむ、必殺の一撃だった。まさかよけられるとはな」

「まだやるのか」

「金で雇われたとはいえ、こちらにも体面がある」

「金で命を散らせるのか」

「金にこれまで生かしてもらった。楽しいことも金のおかげでできた。金には感謝している」

男が腰を落とし、刀を八双に構える。どうりゃ、と腹に響く気合を発し、斬りこんできた。重兵衛を袈裟懸けに斬り裂こうとしている。速さののったその斬撃を重兵衛はかいくぐり、相手の足を狙った。足を斬ることで、男の力を奪うつもりだった。

重兵衛の刀は空を切った。男が跳躍してかわしたのだ。同時に重兵衛の頭に刀が落ちてくる。重兵衛は体をねじってかわし、男の足をなおも狙った。だが、これもよけられた。

男の刀がすでに眼前に迫っていた。

重兵衛は頭を低くしてよけ、今度は男の肩に刀を持っていった。いきなり上に来るとは予期していなかった様子で、男は面食らった。かわそうとして、足を滑らせた。

重兵衛は刀を反転させ、もう一度、男の肩を狙った。男はこれもなんとかよけてみせたが、体勢は崩れきっていた。

重兵衛の目は男の右手を完璧《かんぺき》にとらえていた。手の甲を傷つけてしまえば、刀を持つことはできない。重兵衛は少しだけ加減した斬撃を見舞った。

がつ、とやや鈍い音が立った。男が左手一本で刀を握っている。だらりと刀尖が垂れ、地を向いていた。

男の顔からは血の気が失せていた。右手からは血がだらだらと流れている。

「うぬは本当に強いな。こんなに強い男にはこれまで出会ったことがなかった。自分がいちばん強いと思っていた。諏訪で敗れて、鍛錬し直した。自信を取り戻し、今度こそはやれると思ったが、このざまだ」

淡々とした口調でいって、男が輔之進に視線を当てた。

「うぬも強いな。興津重兵衛よりあるいは上かもしれぬ。うぬは加勢をしなかった。加勢の必要を認めなかったのだろう。それだけでわしと重兵衛とのあいだの実力のひらきがわかろうというものだ」

男が刀を投げ捨てた。脇差を左手で抜く。

「自害は許さぬぞ」

重兵衛は踏みこみ、男の脇差を刀ではねあげようとした。だが、男は脇差を投げつけてきた。まっすぐ重兵衛の胸をめがけてきた。正確無比といってよい。男にとって最後の手立てなのだろう。

だが、重兵衛は楽々と弾きあげた。脇差が上にあがり、くるくると回転しながら落ちてきた。重兵衛はそれを左手で、ばしっとつかんだ。男が瞠目する。

「観念しろ」

「ああ、まいった」

男がへたりこみかけた。だが、いきなり体を返し、だっと地面を蹴った。右手を左手で押さえつつ、走りだした。

「待てっ」

輔之進が追いかける。輔之進は足が速い。すぐにでも捕らえるだろうと思ったが、男のほうが速かった。見る間に距離がひらいてゆく。これには重兵衛は驚くよりもあきれた。あの男は剣よりも走るほうにずっと才があるのではないか。別の生業を選んだほうがよかったはずだ。

四半刻後、輔之進が疲れ切った顔で戻ってきた。この男にしては珍しく、汗を一杯にかいている。

「すみませぬ、逃がしました」

「気にするな、輔之進。あやつは足が速すぎた」

輔之進がうなだれる。

「ここ最近、義兄上には慰められてばかりいます」

これから日月斎を捜しても見つかるはずがない。自分たちは誘われたのだろう。先ほどの男が志願したのかもしれない。今度は必ず興津重兵衛を殺るからと。そして日月斎自らおとりになったということか。

重兵衛と輔之進は白金村に戻った。その頃にはすっかり暗くなっていた。白金堂にはいつものように、夕餉の支度がしてあった。

「輔之進、疲れているところを済まぬが、風呂を沸かしてもらえるか。俺はちと田左衛門どのに会ってくる」

輔之進が気がかりそうな顔になる。

「義兄上こそお疲れではありませぬか。今日は一日、動き通しでした」

重兵衛は笑顔を見せた。

「案じてもらってすまぬな。だが、大丈夫だ。輔之進、行ってくる。風呂を頼むぞ。この時季の大きな楽しみだ」


重兵衛は宏壮な屋敷の門を入り、田左衛門と面会した。

「こんな刻限に押しかけて、申しわけありませぬ」

「いや、重兵衛さんは婿になる男だ。いつ見えてもかまいませんよ」

おそのが茶を持ってきた。頬がほんのりと赤く染まっている。不意の重兵衛の訪問にうれしさを隠せずにいる。昨夜のことを思いだしているのかもしれない。

「重兵衛さん、夕餉は召しあがりましたか」

「いや、まだだ。帰ったら、いただく。とても楽しみだ。おそのちゃん、毎日、ありがとう」

「いえ、だって当たり前のことですから」

おそのはもっと一緒にいたい様子だったが、笑顔を見せて下がっていった。

重兵衛は茶を喫し、本題に入った。

「田左衛門さんは、一橋侯をご存じですか」

いきなりきかれて、田左衛門が苦い顔を見せた。

「ええ、存じていますよ。この家にも二度ほど見えたことがあります。安択さまにお会いになったお帰りのことです」

「あの、そのときにおそのちゃんには会っていますか」

田左衛門が顔をゆがめる。

「ええ、会っていますよ。いたく気に入られた様子で……」

「あの、つかぬことをおききしますが、一橋侯から、おそのちゃんを側室にほしいというような話はありませんでしたか」

田左衛門が驚愕する。

「重兵衛さん、どうしてそれを」

「やはりそうでしたか」

重兵衛は太い息を漏らした。

「お断りになったのですね」

「もちろんです。おそのには重兵衛さんという これ以上ない人との縁談が決まっていますから。娘の幸せを壊すような真似は、親としてできません」

田左衛門が重兵衛を見やる。

「重兵衛さん、どうして一橋さまのことがわかったのですか。このようなことは重兵衛さんのお耳に入れるようなことではなく、黙っていたのですが」

重兵衛は微笑した。

「いろいろとありまして、それでわかりました」

「いろいろとは」

重兵衛は微笑した。

「それは今はご勘弁ください。すべてが明らかになったとき、必ずお話しいたします」

三

鉄砲を得物とした殺し屋としては、裏の世界では吉良吉という男が最も名があった。凄腕として知られていた。

だが、今の世において鉄砲で人を殺すというのは派手すぎる。だから、吉良吉も最近の仕事では鉄砲を使うことはほとんどなく、もっぱら得物は匕首や脇差だったそうだ。

重兵衛が鉄砲に撃たれて無事だったのは、このあたりに理由があるかもしれねえな、と惣三郎は思った。もともと強運の持ち主ではあるのだが、少しだけ吉良吉の鉄砲の腕は落ちていたのではないか。

刃物を使わせても、吉良吉は一流だったそうだ。これまでに何人をあの世に送りこんだものか、見当もつかないとのことである。

吉良吉には、江戸でなじみの店があったという。酒をだし、女を抱かせる、江戸ではなんら珍しくない類の店で、水曲《すいぎょく》というちょっとしゃれた名だった。

惣三郎は善吉を連れて水曲に足を運んだ。昼間のことで店はまだあいていなかったが、あるじは姿を見せていた。感心なことに、自ら、二階の掃除をしていた。二階にいくつか部屋があり、そこで客に女を抱かせるようだ。

惣三郎は一階の店であるじと会った。

「吉良吉という男を知っているか」

古ぼけた樽に腰かけて、惣三郎はあるじにたずねた。

「いえ、そういう方は存じあげませんよ」

「こんな男だ」

惣三郎は、重兵衛と輔之進に話をきいて描いた人相書をあるじに見せた。

「ああ、この人なら知っていますよ。吉太郎さんじゃないですか」

惣三郎は人相書を懐にしまいこんだ。

「吉太郎ってのが本名かい」

「えっ、あっしは本名だと思って呼んでいたんですけど、吉良吉ってのが本名なんですかい」

「俺にもわからねえ。まあ、名のことなんか、この際どうでもいい。その吉太郎だが、ここには一人で来ていたのか」

「ええ、たいていそうでしたよ。ああ、そういえば、一度だけ、人を連れてきたことがありましたね」

「誰だ、そいつは」

「いえ、あっしの知らない人でしたよ」

「どんな男だ」

「あまり覚えていないですねえ。その隅で話しこんでいただけですから」

あるじが小上がりをそっと指さす。そこは昼も薄暗く、夜は行灯の光はほとんど届かないのではないか。人の顔など、見極められるものではない。

「こんな男じゃねえか」

惣三郎は新たな人相書を見せた。こちらは日月斎の描かれたものだ。あるじが人相書を手に取り、じっと目を落とす。

「ああ、この人だったような気がしますね」

重兵衛たちの話では、日月斎と弟の朋左衛門はよく似ていたという。吉良吉と会っていたのは朋左衛門のほうではないか。惣三郎にはそんな気がした。

水曲のあるじに、二人がどんなことを話していたか、覚えていないか、きいた。

「覚えていませんねえ」

あるじは、たいしてすまなく思っていない顔で答えた。

「二人は親しい様子だったか」

「ええ、それはもう。顔を寄せ合い、たまに笑い声をあげたりしていましたから。でも、会うのは久しぶりだったようですよ。あっ、そうだ。久しぶりで思いだした」

あるじが手のひらを打ち合わせる。

「なにを思いだしたんだ」

「桜餅ですよ」

「桜餅って、あのふんわりとうめえやつか」

「旦那の召しあがっている桜餅とあっしのいっている桜餅が同じものかどうかはわからないんですけど、あっしはそのとき、桜餅を久しぶりに食べたんですよ」

「ふん、それで」

「桜餅っていうと、やっぱり長命寺《ちょうめいじ》が有名じゃないですか」

「ああ、向島《むこうじま》のな」

「あれは長命寺の桜餅ですよ。吉太郎さんの好物とのことでした」

惣三郎はようやくぴんときた。

「こっちの人相書の男が、土産として持ってきたのが、長命寺の桜餅ってことだな」

「ああ、はい、そういうことです」

あるじが、煙草《たばこ》のやにでひどく汚れている天井を見あげた。

「そうだ。向島でいえば、白髭《しらひげ》って言葉も二人から漏れきこえてきましたよ」

白髭神社のことだろう。長命寺の桜餅と合わせ、つまり、朋左衛門は向島のどこかに逗留していたということか。惣三郎にはそうとしか考えられなかった。

向島を縄張にしている同僚の定廻り同心に許しをもらって、さっそく惣三郎と善吉は赴いた。

「旦那にしちゃ、やることが早いですねえ。その日のうちに出向くなんて、初めてのことじゃないですかい。もっとも、もうだいぶお日さまも傾きつつありますけど」

「重兵衛のためだからな。ほかの者じゃ、こうはいかねえ」

惣三郎と善吉は向島に着くや、白髭神社を中心に、さっそく聞き込みをはじめた。日暮れまであまりときがないのは確かだが、それ以上に重兵衛の役に立ちたいという思いが、惣三郎たちを突き動かしている。

日月斎の人相書を手に、会う者すべてに話をきいていくという、徹底の仕方だった。

その結果、意外なほど早く、それらしい屋敷を見つけた。

白髭神社から東へ三町ほど行ったところにその家はあった。南側を小川が流れ、北と西には大木がずらりと並び立ち、冬の空っ風を防ぐ役割を担っていた。まわりはほとんどが田畑である。燕《つばめ》たちが虫を狙っているのか、何羽も飛びかっていた。

「のどかなところじゃねえか」

惣三郎はつぶやいた。善吉とともに、半町ほどの距離を置いて、家を眺めている。もう暗くなってきているのに、明かりはついていない。ひっそりとしている。

これ以上、近づく気はない。忍びこむつもりもない。またつかまって、監禁されてはたまらない。同じへまを犯すのは、ただの馬鹿でしかない。それに、今度は監禁だけでは済まないかもしれない。

「旦那、日月斎の野郎、あそこにいるんですかね」

「わからねえ。ただ、話をきいた者たちは、皆、あの家のことを一様にいったからな。他出しているかもしれねえが、日月斎があの家を隠れ家にしているのは、紛れもねえよ」

「どうします。踏みこみますかい」

「そんな気はねえ」

惣三郎は首を横に振った。

「重兵衛たちに来てもらう」

「加勢に呼ぶんですね」

「というより、重兵衛自身、日月斎の野郎を捕らえてえんじゃねえかと思っただけだ。善吉、行ってくれるか。重兵衛たちを呼んできてくれ」

「合点承知」

善吉が走りだそうとする。すぐに足をとめた。心配そうな顔つきをしている。

「旦那、無茶をしちゃあ、駄目ですよ」

「わかっている」

「約束ですよ」

「わかってるって」

「約束を破ったら、針千本、のませますからね」

「なに、子供みてえなことをいってやがる。さっさと行け。無茶はしねえよ。ここにずっといるから、心配《しんぺえ》するな」

　後ろ髪を引かれるような顔つきで、善吉が走りだした。薄闇に紛れ、すぐに姿は見えなくなった。

　惣三郎は急に心細くなり、すぐ近くにある地蔵堂の陰に座りこんだ。肌寒さも覚えた。涼しい風が吹いている。もし日月斎につかまることになったら、誰にも知られねえなあ。俺はおしまいってことだな。

　うしろが気になり、振り返った。誰もいない。ただ、風が吹きすぎていっただけだ。善吉の馬鹿、早く戻ってこねえかな。あいつはとろいからな、ちゃんと白金村に着けるのかな。

　うう、涼しいな。寒いくらいだぜ。

　両手で自らの体を抱き締め、惣三郎は目を閉じた。

四

来客があった。

田左衛門の屋敷から戻り、夕餉をとっているときだった。

誰かな、と思って出てみると、戸口にいたのは作之助だった。

「どうした、作之助」

作之助は紅潮している。

「一橋侯のことでわかったことがあってな。是非とも重兵衛に知らせたいと思ったんだ」

「そうか、入ってくれ」

重兵衛は招き入れた。すぐにでも話しだすかと思ったが、作之助が鼻をくんくんさせはじめた。

「なにやら、うまそうなにおいがするな。重兵衛、もしや夕餉の最中だったか。おそのどのがいるのではないか」

「いや、おらぬ」

「人の気配がしているではないか」

作之助が台所の隣の間をのぞきこむ。

「ああ、なんだ、輔之進どのだったか」

「おそのどのでなく、申しわけありませぬ」

「いや、謝るようなことではない」

「作之助、腹が空いているのか」

「ぺこぺこだ」

作之助が目を輝かせる。

「もしや食べさせてもらえるのか」

「俺の食いかけでよければ」

「重兵衛の食いかけなら、大歓迎だ。重兵衛、これか」

作之助が目の前の膳を指す。

「そうだ」

「重兵衛はもういいのか」

「十分に食べた」

「それなら、遠慮なくいただこう」

どかりと座った作之助が重兵衛の使っていた箸を手にし、ご飯を食べはじめた。

「こいつはうまい。味噌汁もよくだしがとれていてうまいなあ。こいつは極楽だ。おっ、これは目刺しではないか。うむ、ほどよく焼けておるなあ。塩加減もすばらしい。飯とよく合う」

そんな調子で作之助はあっという間に平らげた。

「ああ、重兵衛、うまかった。もうこれ以上は入らぬ」

お櫃はきれいに空になった。重兵衛は茶をだした。

「おう、すまぬ」

作之助がずずっとすする。湯飲みを手にして、気持ちよさそうに息をついた。

「食後のお茶というのは、どうしてこんなにうまいのかなあ」

重兵衛は作之助の前に座った。

「人心地ついたか」

「もちろんだ」

「よし、話してくれ」

一瞬、なにをだ、という顔つきになったが、作之助はすぐに、ああ、そうだったな、といった。

「一橋侯のことだったな」

重兵衛の横に輔之進も来て、耳を傾ける。

「松平備前守が別邸を持っているのは知っているか。下屋敷みたいなものだが、お忍びをもっぱらにするための屋敷だ」

「そんな屋敷があるのか。どこに」

「向島だ」

「ほう、風光明媚《ふうこうめいび》で知られる地だな」

「白金村と同じだ」

作之助がいって、また茶を喫した。

「重兵衛、輔之進どの、一橋家の下屋敷がどこにあるか、知っているか」

重兵衛と輔之進はそろって首を振った。

「日本橋の浜町にある。ちなみに、清水家は内藤新宿近くの早稲田《わせだ》村に持っている。田安家は四ッ谷だったかな。大木戸のそばときいたことがある」

「ふむ、それで」

重兵衛は先をうながした。

「一橋侯だが、前に同僚が向島で駕籠を見かけたといっていた。松平備前守の別邸のそばでのことだというから、一橋侯は老中首座を訪ねたのであろう」

「うむ、遊山のついでに寄ったかもしれぬ」

「それで、これが重要なのだが」

重兵衛と輔之進は身を乗りだした。

「そのとき、別邸が大騒ぎになったそうだ」

「ほう。なぜかな」

「一橋侯が急な病に襲われたのではないか。なにしろ一橋侯の家臣が泡を食って出ていったそうだ。すぐに戻ってきたが、そのときには医者らしい男を連れていたそうだ。十徳を羽織っていたらしいぞ」

作之助は目を輝かせている。

「その十徳の男というのは、つまり」

「ああ、日月斎でまちがいなかろう」

「一橋家の家臣は、すぐに戻ってきたといったな」

「ああ、本当にあっという間だったそうだ」

「そうか。日月斎も向島に家を持っているのか。よし、行こう」

「重兵衛、役に立ったか」

「もちろんだ」

重兵衛は作之助に目を据えた。

「なんだ、重兵衛、どうしてそんな厳しい顔をするんだ」

「いや、なんでもない」

重兵衛は目から力を抜いた。

「こんな大事なことを、どうして今頃になって思いだすのか、といった顔だったぞ」

両刀を腰に差しこんで、重兵衛はにこりとした。

「さすがは作之助だ。だが作之助、ついてくるな。上屋敷に戻れ。よいな」

「ああ、わかった」

作之助が素直にうなずく。

提灯に灯をつけるや、白金堂を飛びだした。うしろに素早く輔之進がつく。

重兵衛に疲れがないとはいえない。だが、日月斎を必ず捕らえる。その一事が重い足を動かしている。


途中、大川沿いを北上しているとき、前から駆けてくる者がいた。夜目には、それが善吉にしか見えなかった。重兵衛はすれちがう直前、善吉であることを確かめて、声をかけた。善吉がなにかに足を引っかけたか、勢いよく前に倒れこんだ。

「大丈夫か」

重兵衛はあわてて抱き起こした。善吉が目をあく。

「あれ、重兵衛さんだ。おいらは気を失ったのかな。夢を見ているんだろうか」

「善吉さん、しっかりしてくれ」

重兵衛は軽く頰を叩いた。

「あれ、痛いぞ。じゃあ、夢じゃないのか」

「善吉さん、怪我はないか」

「えっ、ええ、大丈夫みたいです」

重兵衛は善吉を立ちあがらせた。

「ああ、本当に重兵衛さんと輔之進さんだ。お二人は、どうしてここにいらっしゃるんですかい」

「向島に行こうとしていたんだ」

「向島ですかい。実はあっしも向島から来たんですよ。旦那に頼まれて、重兵衛さんと輔之進さんを呼びに行こうとしているところだったんです」

「どうして俺たちを」

「日月斎の隠れ家を見つけたからです」

「まことか」

「ええ、嘘なんかつきませんよ」

「ならば、すぐに行こう」

善吉を先頭に重兵衛たちは走りだした。

「河上さんはどうしている」

「隠れ家のそばにいますよ」

「無茶をする気はないのだな」

「ええ、旦那は小心者ですから。今頃、一人で震えているはずですよ。一刻も早く戻ってやらないと、あまりの恐しさに死んでしまうかもしれませんよ」

善吉がさらに足を速めた。重兵衛にとってこの速さをついてゆくのはきつかったが、ここは耐えるしかなかった。うしろの輔之進は悠々と余裕を持って駆けている。

「ここですよ」

善吉が足をとめた。さすがに息が荒いが、声を低くするのは忘れない。

「あの家です」

半町ほど先にこぢんまりとした家が建っている。闇のなかでも、まだ新しい家であるのがわかる。明かりはついておらず、一条の光も漏れていない。

「あれ、旦那がいないぞ。どこにも行っちゃいけないってあれほどいったのに」

不安のまじった声でいって、善吉が捜しはじめる。

「旦那、旦那」

小さな声で何度も呼ぶ。

「善吉、うるせえぞ、ここだ」

惣三郎の声がきこえた。

「どこですかい」

「地蔵堂の陰だ」

「なんだ、そんなところに隠れていたんですかい」

「別に隠れてたわけじゃねえよ」

「寝てたんですね」

「まあ、そんなところだ」

ぬっと出てきた惣三郎が闇を見透かす。

「重兵衛と輔之進を連れてきたか」

「もちろんですよ」

重兵衛と輔之進は惣三郎の前に立った。

「よく来てくれた。それにしても、ずいぶんと早かったな」

重兵衛は惣三郎に、どんないきさつがあったか、告げた。

「よし、なら、日月斎を捕らえる気は満々だな」

「もちろんですよ」

「よし、踏みこむか」

「やつはいますか」

「わからねえ。明かりは一度たりともつかねえんでな」

輔之進が家の気配を嗅いでいる。

「いると思います」

「本当か」

惣三郎が勢いこむ。

「ええ、まちがいないでしょう」

「よし、重兵衛、行くか」

重兵衛はうなずいた。袴の股立ちを取った。輔之進も同じことをする。

「用意はいいようだな」

惣三郎は長脇差を抜き放っている。

「河上さん、しまってください。我らにまかせてください」

「わかったよ」

惣三郎が長脇差を鞘におさめた。

「よし、行こう」

重兵衛は輔之進にいい、家に走り寄った。戸口を輔之進が蹴破る。戸が勢いよく倒れこんだところは土間になっていた。土間から上に駆けあがる。畳敷きの部屋だ。誰もいない。襖が目の前にある。重兵衛は体当たりして突き破った。肩はまったく痛くない。

広々とした座敷になっていた。布団が敷いてある。

人影が反対側の腰高障子をあけ、外に出ようとしていた。重兵衛は飛びかかった。人影が重兵衛の腕から逃れようともがく。意外な力の強さだ。

重兵衛は容赦なく殴りつけた。がつ、と音が部屋に響いた。その一撃で人影が足元に崩れ落ちた。顔を押さえ、うめき声をあげている。畳の上でのたうちまわっていた。

隅に行灯があり、それに輔之進が火を入れた。部屋がぼうと明るくなった。輔之進が行灯を近づける。

よく見えた。顔を押さえて痛がっている男は、紛れもなく日月斎だった。

「自死はさせぬようにせぬとな」

重兵衛は日月斎の衣服を慎重に探った。毒蜘蛛を隠している様子はなかった。舌を嚙むことのないように、がっちりと猿ぐつわもした。

五

日月斎を引っ捕らえ、重兵衛たちは引きあげはじめた。日月斎は善吉が捕縄でぐるぐる巻きにしている。

「河上さん、よく調べてくれました」

重兵衛は心からの感謝を伸べた。

「おめえのためだ。それ以外はねえ。だから、ほんと、必死に働いたぜ」

「ありがとうございました」

「だから重兵衛、そんなにかしこまったいい方をせずともいいんだ」

「そうでした。友垣でしたね」

「そういうこった。友垣は感謝こそすれ、馬鹿ていねいないい方なんて、しねえもんだ」

「そうだ、河上どの」

「輔之進も、そんな呼び方はよしな。せめて河上さんにしな」

「それならば、河上さん」

「なんだい」

「八咫烏の二人はどうなったんですか」

「ああ、そいつか。調べちゃいるが、まだ手がかりはねえ。輔之進、気になるのか」

「ええ、日月斎をつかまえたとはいえ、依頼は生きていますから」

「重兵衛を狙いに来るということか」

「ええ」

「そいつは気をつけなくちゃいけねえな」

提灯を掲げて惣三郎があたりを見まわす。

「ところで輔之進、日月斎はどうするんだ。諏訪まで連れて戻るのか」

「どうするべきか、お頭に早飛脚で文を送ろうと思っています。それまで諏訪家の上屋敷の牢に入れておきたいのですが、よろしいですか」

「俺はかまわねえよ」

惣三郎が提灯をぶらぶらと揺らす。

「だが、本多和泉守がどう出るかだな。大目付が引き渡せといったら、素直に引き渡すのか」

「それがお頭の命なら、それがしはしたがいます」

「輔之進はえらいな」

「もちろん、真実はすべてさらけだしてもらうという前提が必要ですが」

「そりゃそうだな。重兵衛が狙われた理由もさっききいた通りだろうとはいえ、はっきりさせてえからな」

惣三郎の言葉が終わった途端、何者かがうしろにひっそりとついたのを、重兵衛は感じた。殺気に包みこまれる。

重兵衛は体をまわしつつ、刀を引き抜いた。影が突っこんでくる。鈍い光が闇にきらめく。光は重兵衛の顔をめがけていた。

重兵衛は体をひらいてかわし、刀を胴に振った。手応えはほとんどなかった。どう、と影が地面に倒れていった。間髪をいれず、横合いから新たな影が躍りかかってきた。こちらも刃物を手にしていた。それを下から振りあげてきた。

重兵衛は横に動いてかわし、逆胴に刀を持っていった。またも手応えはなかったが、影が地面に崩れ落ちた。びくりとも動かない。どろりとしたものが土を汚しはじめている。

「こいつら、八咫烏か」

「ええ、まちがいないでしょう」

重兵衛は大きく息をついた。もう襲ってくる者がいないのを確かめて、懐紙を取りだし、刀をていねいにふいた。鞘におさめる。

二人とも息絶えていた。哀れとしかいいようがない。日月斎は二人の様子をじっと見ていた。

「おめえが頼んだ者はこの始末だ。なにか感ずるものがあるか」

惣三郎が吐き捨てるようにいった。日月斎は目をそむけ、なにもいわなかった。それから町役人たちに頼み、死骸を町奉行所まで運んでもらう手はずをつけた。

その後、日月斎は諏訪家の上屋敷の牢に入れられた。

日月斎は覚悟を決めたか、どういうことか、ぺらぺらとしゃべった。

すべては、一橋侯がおそのに岡惚れしたことが発端だった。村名主の美しい娘。どうしてもほしいと思った。

だが、娘にはすでに許嫁がいた。しかも、白金村では仲むつまじい二人の様子を見せられた。猛烈な妬心がわきあがり、あの男を亡き者にしなければならぬ、という思いで心が一杯になった。

それでも、一橋家の家臣にそんなことはさせられない。それで一橋侯は昵懇《じっこん》の仲である松平備前守に重兵衛の始末を依頼した。備前守は日月斎にその仕事を与えた。

日月斎はすぐに取りかかろうとしたが、重兵衛がおそのとともに諏訪に向かったことを知り、弟の朋左衛門にその仕事を頼んだ。ちょうど、津田景十郎の殺害も頼んでいることもあって、凄腕の殺し屋がいるのは好都合だった。

松平備前守とは、部屋住時代の病を治したことで親しくつき合うようになった。

備前守は大名を殺し、大身の旗本や小大名の部屋住をその跡継にさせるという裏の仕事をしていた。それはせいぜい二十件ほどにすぎず、そんなに数はこなせなかったものの、莫大な金を生んだ。部屋住が跡を継いだあとも、礼金が入ってきたからだ。

大奥を手なずけ、将軍に気に入りの側室を送りこんだ以上、将軍を思いのままに操るのはむずかしいことではなかった。

どこぞの部屋住を跡継に、と気に入りの側室がいうと、よきに計らえ、と将軍は必ずうなずいたものだ。それでもう一介の部屋住だった男は、堂々と大名になれるのである。

せがれがかわいくてならない旗本や小大名たちは大金を惜しげもなく支払った。なかには、借金までして金を都合した者までいた。

それらの窓口になったのは、櫛角屋という薬種問屋だった。この店こそが、鬼伏谷の権造がいっていた隠戸屋のことだった。重兵衛は一度、輔之進とともに訪れている。

この店は大名家や旗本家に多く出入りしていることもあり、それぞれの家の内情がよくわかっていた。どの家の誰がどの部屋住をとてもかわいがっているとか、どこの家はもうけっこうな歳なのに跡継をいまだ決めていないとか、そのような噂がいくらでも入ってきた。それらの噂や話をもとに、次は誰を殺すかを決めたり、裕福で口が堅そうな依頼主を捜したりしていたのである。

このことを、大目付の本多和泉守や老中の青山因幡守は追っていたのだ。

自白の最後に、にやりと笑って日月斎はいったそうだ。

「これらはすべて、手前の想像にすぎませんが」

のちに日月斎の身柄は本多和泉守のもとに引き取られた。おそらく厳しい取り調べが行われたのだろう。

その直後、松平備前守は老中首座から引きずりおろされ、老中自体を罷免《ひめん》になった。その後、裏の仕事が明らかになり、松平家は改易になった。備前守は死こそまぬかれたものの、他家にお預けになった。その後、ひそやかな死が噂として伝わってきた。

切腹したのではないか、と輔之進がいった。

ただし、一橋家には、なんの沙汰もなかった。一橋家の当主は、今もなにごともなかったように健在である。

「ああ、なんてめでたい日だろう」

左馬助がすっかり酔っ払っている。

「大丈夫か、左馬助」

「もちろんだ。重兵衛、俺はうれしいぞ」

実際に泣いている。

「ああ、おそのちゃんはきれいだなあ。うらやましいなあ」

白無垢が重兵衛も驚くほどにあっている。

「うん、きれいだ。だが、奈緒どのも美人ではないか。ぞっこん惚れているのだろう」

「まあ、美人だが、おそのちゃんのほうが若いものなあ」

「奈緒どのがこちらを見ておるぞ」

左馬助がびくりとする。

「本当だ。重兵衛、今のは内緒だぞ」

「わかっている」

左馬助がふらふらと下がっていった。代わってあらわれたのは、惣三郎である。

「重兵衛、おそのちゃん、このたびはまことにおめでとう」

「いえ、こちらこそ、いろいろとありがとうございます。河上さんのおかげで、こうして晴れの日を迎えられました」

「よせやい。俺はなにもしちゃあ、いねえよ。すべては重兵衛の運の強さがまさったってことだ」

惣三郎もずいぶんと飲んでいるようで、顔が左右にゆらゆらしている。赤い顔をした善吉も隣にかしこまって座っている。惣三郎が揺れ続ける顔を近づけてきた。酒臭い息がかかったが、田左衛門の計らいで、いい酒しかだされておらず、気分が悪くなるようなことはない。

「ちっと小耳にはさんだんだけどな」

本人はささやいているつもりのようだが、酔っているせいで声はけっこう大きい。

「はい」

「どうも一橋家の屋敷に堂々と正面から乗りこんだ者がいるらしい。顔は隠していたそうだが、押し入って、一橋侯の顔をさんざんに殴りつけて、最後には裸にひんむき、髷を切り取っていったそうだ。まったくひでえことをしやがる」

「ほう、それは何者です」

にし、酒を注いだ。

「そいつがわからねえ」

じろりと重兵衛を見つめてから、惣三郎ががぶりと酒を飲む。おそのが近くの徳利を手
「すまねえな、花嫁自ら」

また惣三郎が顔を近づけてきた。

「どうも賊は三人組だったらしい」

「さようですか。八咫烏のようなやつらですね」

「いや、三人とも、八咫烏とはくらべものにならねえ凄腕だったらしいぞ。なにしろ一橋家の家臣が次から次へと薙ぎ倒されたらしいからな。一人の命も取らなかったようだが、屋敷はまるで嵐に直撃されたようなありさまだったそうだ」

「ほう、さようですか。そんなに強い者たちなら、会ってみたいですね」

「そうかい、会ってみてえかい。実をいうと、俺も会いてえ」

「その三人はつかまったのですか」

「いや、つかまっていねえ」

「つかまりそうですか」

「いや、つかまらねえだろう。番所にも要請がきているらしいが、いい気味だと思ってい

て、誰もまともに取りあわねえからな。もちろん俺もだ」

　惣三郎が酒を飲む。

「重兵衛、友垣はいいものだな。輔之進に左馬助」

「ええ、まったくです」

　惣三郎が重兵衛の腕をつねった。

「おい、重兵衛、水くせえぞ。どうして俺を呼ばなかったんだ」

「呼ぶってどういうことです」

「とぼけるなよ。俺も行きたかったなあ」

「河上さんは正義を守るお方ですから」

「それで呼ばなかったのか」

　重兵衛は微笑を返しただけだ。

「おい、おっさん、なにを重兵衛に絡んでいるんだ」

　寄ってきたのは左馬助と輔之進である。

「おっ、残りの二人が来やがった」

「なんの話だ」

「俺を仲間はずれにしやがって」

「なんだ、おっさん、すねてるのか」

左馬助が酒を勧めた。

「そういうときは、飲めばいいんだ」

「よし、飲むぞ。重兵衛も飲め」

惣三郎が徳利を傾けてきた。重兵衛は杯をがぶりとやった。

一気に酔いがまわってきた。

その前にすることがある。重兵衛はしっかりとおそのの顔を見つめた。おそのがほほえみ返す。信じられないほど神々しくて、まぶしくてならない。

これからずっと一緒だ。

平凡だろうが、きっと輝かしい未来が待っていよう。

いま重兵衛は、この上ない幸せを噛み締めている。


（完）

本書は書き下ろしです。

解説

細谷正充

始まった物語を、いかに終わらせるか。それまで広げてきた物語を、どれだけ上手に畳み、読者が〝かくあってほしい〟と願う結末へと着地させるのか。作者の腕の見せどころであろう。それがシリーズ物となれば、なおさらだ。長年にわたり、馴染み、愛してきた作品世界と別れることになるのだから、読者としても納得できるだけの物語を、ラストを、求めてしまうのである。鈴木英治は「手習重兵衛」シリーズの完結篇となる本書『祝い酒』で、そうした読者の期待に見事に応えてくれた。

作品の内容に触れる前に、作者の経歴と併せて、シリーズの全体像を語ることにしよう。鈴木英治は、一九六〇年、静岡県沼津市に生まれる。明治大学経営学部卒。一九九九年、桶狭間の戦い前後の今川家を舞台にした壮大な戦国ミステリー『駿府に吹く風』で、第一回角川春樹小説賞特別賞を受賞した（単行本化にあたり『義元謀殺』と改題）。続いて発表した『血の城』も戦国ミステリーだったが、三作目の『飢狼の剣』で、江戸時代を舞台にした剣豪ミステリーに挑戦。以後、文庫書き下ろし時代小説に専念し『闇の剣』『怨鬼の剣』などの剣豪ミステリーを発表した。また、用心棒稼業の里村半九郎を主人公にした『半九郎残影剣』『半九郎疾風剣』では、剣豪ミステリーに飄々《ひょうひょう》としたユーモアを加え、作品世界を広げていった。

と、順調に作品を上梓していた作者だが、ひとつ、大きな問題があった。今までの著書の版元が、すべて角川春樹事務所なのだ。自社の賞でデビューした作家を育てるのは当然のことだが、だからといって他の版元から声がかからないのは、商業作家として非常にまずい。作者には、はなはだ失礼だが、これから作家としてやっていけるのか、ちょっと不安を感じていたものである。そこに現れたのが「手習重兵衛」シリーズなのだ。このシリーズを読んで、私はふたつの意味で安心した。

ひとつは作者の執筆速度だ。二〇〇三年十一月にシリーズ第一弾『手習重兵衛　闇討ち斬』を刊行するや、二〇〇四年一月に第二弾『梵鐘』、三月に第三弾『暁闇』と、二ヶ月に一冊のペースで連続刊行を実施。並々ならぬ筆力があることを証明した。量産の求められる文庫書き下ろし時代小説では、これは大きな武器であった。

そしてもうひとつが、主人公・興津重兵衛の人物造形だ。過去を抱えながら、おおらかな笑顔で人々に接する重兵衛は、気持ちのいい若者である。それを印象づけるのが、子供たちからの慕われっぷりだ。江戸麻布近くの白金村で手習の師匠を始めた彼は、とにかく手習子たちに好かれるのである。また彼も、子供たちのことが大好きだ。子供たちとの楽しいやり取りを通じて、主人公の魅力が引き立っているのである。なお作者は、本書の後に徳間文庫で始めた「父子十手捕物日記」シリーズの主人公・御牧文之介も子供に好かれるキャラクターにして、人気シリーズに育てた。こうした読者の心を摑むキャラクターの創り方を、作者は「手習重兵衛」シリーズで会得したのである。

以後作者は、先に挙げたシリーズの他にも、「徒目付 久岡勘兵衛」「口入屋用心棒」「下っ引夏兵衛」など、多数のシリーズを抱える売れっ子作家になり、現在に至っている。

さて「手習重兵衛」シリーズは、二〇〇五年四月に刊行されたシリーズ第六弾『天狗変』で完結。故郷の因縁にケリをつけた重兵衛は、侍を捨てて、江戸の白金村に戻った。その後、中公文庫では新シリーズ「無言殺剣」が始まり、さらに「郷四郎無言殺剣」シリーズへと繋がっていく。もちろん、こちらのシリーズも好評であった。だが「手習重兵衛」を、もっと読みたいという声が強かったのであろう。二〇〇九年十月刊行の『母恋い』でシリーズを復活させたのである。白金村で手習所を再開した重兵衛は、家主の娘おそのを妻に迎えようとしながら、なにかと事件に巻き込まれていく。そしてシリーズ第十弾『道連れの文《ふみ》』では、婚約を母に報告するため、おそのと故郷の下諏訪へと旅立った重兵衛が、またまた事件に遭遇。続く『黒い薬売り』では、ようやくたどり着いた実家の興津家で、家督を継いだ輔之進の妻・吉乃と、侍女のお以知が行方不明になっていた。吉乃の兄で目付の津田景十郎は、公儀からの依頼を受け、思うように動くことができない。しかもその依頼というのが、大変なものであった。参勤交代の途上、下諏訪の本陣に泊まった大名が、ここ二年の間に三人も急死しているので、その原因を探れというのだ。景十郎の都合を汲み、輔之進と共に吉乃たちの行方を捜す重兵衛だが、すぐさま謎の集団に襲われる。それでも探索を続け、なんとか吉乃たちを助け出す。だが重兵衛は鉄砲に撃たれ、意識を失ってしまった。

一方、江戸の手習所には、重兵衛の留守中、日月斎と名乗る怪しい薬売りが住みついてしまう。重兵衛の友垣で北町奉行所同心の河上惣三郎は、不可解な連続殺人を追いながら、日月斎の正体を探っていく。やがて日月斎が連続殺人と繋がっていることが判明。だが惣三郎は日月斎に捕えられ、窮地に陥ったところを、やはり重兵衛の友垣で堀井道場の婿になった堀井左馬助に救われる。

というのが『黒い薬売り』の粗筋である。物語は重兵衛が撃たれたところで終わり、うわっ、ここで続くのかよと、首を長くして待つこと四ヶ月。ようやくシリーズ完結篇となる『祝い酒』が刊行されたのだ。

本書は重兵衛の葬式の場面から幕を開ける。といっても、これは敵を誘い出すための罠。手傷は負ったものの、重兵衛は健在であった。執拗に重兵衛を狙う鉄砲遣いとの攻防戦。下諏訪にやってきた左馬助の情報から、江戸と下諏訪を結んで繋がっていく、一連の事件の真相。さらに江戸に戻った重兵衛は、自分が事件に巻き込まれた真の理由も知った。彼らは、権力と欲望に塗《まみ》れた者たちに、翻弄されていたのだ。ささやかだが愛おしい日常を、踏みにじる奴らは許せない。重兵衛と共に江戸に出てきた輔之進も加え、好漢たちの怒りが爆発する。

実は本書の前半、重兵衛は床にあり、まったく動かない。活躍するのは、彼の周囲の人々だ。重兵衛はといえば、献身的に看病してくれるおそのと、ラブラブ・モード。まったく羨ましい……ではなく、完結篇だというのに、肝心の主人公を動かさないとは、無茶な構成である。だが、これが面白いのだ。自分が標的になっていることを承知で、でんと構える重兵衛。彼を守ろうとする輔之進と左馬助の奔走。まるでアクション小説のように、狙撃の瞬間に向かって高まっていくサスペンス。行間から匂い立つ、家族愛・男女の愛・男同士の友情。ああもう、主人公が動かなくても、ここまで豊かなストーリーを練り上げるようになっていたとは。鈴木英治、ずいぶん遠く、高い場所まで来たものである。

しかも江戸に戻ってからは一転、重兵衛が動き回る。相次ぐチャンバラは、凄い迫力。これこれ、これだよ。これを待ってたんだよ！　悪党たちをやっつける、重兵衛たちの熱剣が痛快至極。驕れる権力者をチクリと刺す、彼らの舌鋒も心地よい。その権力者のひとりが罰を受けないじゃないかと思ったら、これもきっちりケリが着く。溜飲が下がるとはこのことか。そしてラストには、読者の誰もが待ち望んだシーンが……。二〇〇三年から始まり、シリーズ全十二巻。それに相応《ふさわ》しい締め括りであった。まさに感無量である。

と、大満足して本書を閉じたところで、あらためて思う。「手習重兵衛」というシリーズ名は、実に象徴的であった。なぜなら、このシリーズは作者にとって、まさに〝手習〟なのだから。執筆の姿勢。キャラクターの立て方。物語の構成……。エンタテインメント作家にとって大切なことを、ひとつひとつ吸収しながら、時代作家として大きく伸びていったのである。そして作者は、二〇一一年八月に刊行された『大江戸やっちゃば伝1　大地』で、大志を抱く青年が、自らの知恵と情熱で成功していくビジネス・ビルディングス・ロマンを開始。さらに作品世界を拡大させている。〝手習〟を終えた作者が、どれほどの境地に達するのか。同時代の読者として、リアルタイムで鈴木英治の成長に付き合っていけるとは、これほど嬉しいことはない。

（ほそや　まさみつ・文芸評論家）

中公文庫

手《て》習《ならい》重《じゅう》兵《べ》衛《え》
祝《いわ》い酒《ざけ》

2011年10月25日　初版発行

著　者　鈴《すず》木《き》英《えい》治《じ》

発行者　小林敬和

発行所　中央公論新社
〒104-8320　東京都中央区京橋2-8-7
電話　販売 03-3563-1431　編集 03-3563-3692
URL http://www.chuko.co.jp/

DTP　平面惑星
印　刷　三晃印刷
製　本　小泉製本

Published by CHUOKORON-SHINSHA, INC.
Printed in Japan　ISBN978-4-12-205544-5 C1193

定価はカバーに表示してあります。
落丁本・乱丁本はお手数ですが小社販売部宛お送り下さい。
送料小社負担にてお取り替えいたします。

す-25-8
無言殺剣　大名討ち
鈴木英治
譜代・土井家の城下、古河の町に現れた謎の浪人。剣の腕は無類だが、一言も口をきくことがない。その男のもとに、恐るべき殺しの依頼が……。書き下ろし。
204613-9

す-25-9
無言殺剣　火縄の寺
鈴木英治
関宿城主・久世豊広を惨殺した謎の浪人は、やくざ者の伊之助を伴い江戸へ出る。伊之助は兄二人と再会を果たすものの、三兄弟には浪人を追う何者かの罠が。
204662-7

す-25-10
無言殺剣　首代一万両
鈴木英治
懸賞金一万両。娘夫婦の命を奪われた古河の大店・千宏屋は、身代を賭けて謎の浪人の命を奪おうとする。屈折した親心はさらなる悲劇を招く。書き下ろし。
204698-6

す-25-11
無言殺剣　野盗薙《な》ぎ
鈴木英治
突如江戸を発ち、中山道を西へ往く黙兵衛・伊之助一行。その目的を摑めぬまま、久世・土井家双方の密偵も後を追う。一行を上州路に待ち受けるのは……。
204735-8

す-25-12
無言殺剣　妖気の山路
鈴木英治
中山道を西へ向かう音無黙兵衛ら三人。難所続きの長旅の疲れで、足弱の初美は熱を出す。遅れる一行に、さらなる討っ手が襲いかかり、妖しの術が忍び寄る。
204771-6

す-25-13
無言殺剣　獣散る刻《とき》
鈴木英治
伊賀者の襲撃をかいくぐり、美濃郡上に辿り着いた音無黙兵衛一行。そこに現れたのは、かつて黙兵衛と死闘を演じた久世家剣術指南役・横山佐十郎だった。
204850-8

す-25-14
郷四郎無言殺剣　妖《あや》かしの蜘蛛《くも》
鈴木英治
音無黙兵衛、西へ。目的地は京か奈良か。その行く手には、総がかりで迎え撃つ伊賀者たち。さらに謎の幻術師の魔手が。書き下ろし時代小説シリーズ、第二部開幕。
204881-2

す-25-15
郷四郎無言殺剣　百忍《ひゃくにん》斬り
鈴木英治
郡上の照月寺に匿われていた初美が出奔した。一方、奈良に進路をとった黙兵衛・伊之助は、幻術師・春庵を擁する忍びたちの本国・伊賀を、突破できるのか。
204951-2

各書目の下段の数字はISBNコードです。978－4－12が省略してあります。

す-25-16
郷四郎無言殺剣 正倉院の闇
鈴木英治
奈良に入った黙兵衛こと菅郷四郎と伊之助は、側用人・水野忠秋がかつて正倉院宝物の流出により、巨富を蓄えていたことを知る。シリーズいよいよ佳境へ。
205021-1

す-25-17
郷四郎無言殺剣 柳生一刀石《いっとうせき》
鈴木英治
御側御用取次・水野忠秋による悪行の証拠を摑んだ黙兵衛のもとに、荒垣外記からの書状が届く。そこには「一刀石で待つ」と記されていた。シリーズ完結。
204984-0

す-25-18
手習重兵衛 母恋い
鈴木英治
侍を捨てた興津重兵衛は、白金村で手習所を再開した。村名主の娘おそのを妻に迎えるはずだったのが、重兵衛を仇と思いこんだ女と同居する羽目に……。
205209-3

す-25-19
手習重兵衛 夕映え橋
鈴木英治
ついに重兵衛がおそのに求婚。その余韻も冷めぬまま、二人は堀井道場に左馬助を訪ね、そこで目にした一振りの刀に魅了される。風田宗則作の名刀だった。
205239-0

す-25-20
手習重兵衛 隠し子の宿
鈴木英治
おそのと婚約した重兵衛だったが、直後、朋友の作之助と吉原に行ったことが判明。さらに、品川の女郎宿に通っていると噂され……。許嫁の誤解はとけるのか？
205256-7

す-25-21
手習重兵衛 道連れの文《ふみ》
鈴木英治
婚約を母に報告するため、おそのを伴い諏訪へと旅立った重兵衛。道中知り合った一人旅の腰元ふうの女から、甲府勤番支配宛の密書を託される。文庫書き下ろし。
205337-3

す-25-22
手習重兵衛 黒い薬売り
鈴木英治
故郷の諏訪に帰った重兵衛。ところが、実家の興津家では当主・輔之進の妻と侍女が行方知れずに。一方江戸では、重兵衛の留守に、怪しい薬売りが住み着いていた。
205490-5

あ-59-2
お腹召しませ
浅田次郎
武士の本義が薄れた幕末維新期、変革の波に翻弄される侍たちの悲哀を描いた時代短篇の傑作六篇。中央公論文芸賞・司馬遼太郎賞受賞。〈解説〉竹中平蔵
205045-7

各書目の下段の数字はＩＳＢＮコードです。978－4－12が省略してあります。

た-58-2
御隠居忍法
高橋義夫
間諜・伊賀者の子孫であり昌平坂学問所の秀才・鹿間狸斎が訪れた奥州の山村。そこには奇妙な事件が渦巻いていた。人気シリーズ開幕！〈解説〉大野由美子
203781-6

た-58-3
御隠居忍法　不老術
高橋義夫
伊賀者の子孫鹿間狸斎は奥州の隠居所に帰ったが、そこには新たな事件が待ち受けていた。神隠し、消えた死体、天領と小藩を巡る陰謀の行方は？
203911-7

た-58-4
御隠居忍法　鬼切丸
高橋義夫
奥州寒村の隠居所に暮らす伊賀者の子孫、元お庭番の鹿間狸斎を待ち受ける、次々と起こる難事件。狸斎のとぎすまされた気と技がこの世の悪を断つ！
204002-1

た-58-5
御隠居忍法　唐船番
高橋義夫
奥州寒村の隠居所に暮らす伊賀者の子孫、元お庭番の鹿間狸斎は、旧知の人物の生死を確認する密命を受けたことから「抜け荷」をめぐる騒動に巻き込まれ……。
204550-7

た-58-8
御隠居忍法　亡者の鐘
高橋義夫
奥山の寺で鐘が鳴る……。住職の血を吸った鐘楼に隠された謎とは？　家督を子に譲り、奥州は笹野に住み着いた伊賀者、元御庭番・鹿間狸斎見参！
205059-4

た-58-10
御隠居忍法　恨み半蔵
高橋義夫
二代目服部半蔵が遺した呪いの書が、かつての上役から届く。その争奪戦に巻き込まれ、贋医者の汚名を受けて投獄された御隠居・鹿間狸斎はその謎に迫れるか？
205258-1

や-50-1
折り紙大名
矢的竜
四代将軍家綱に愛され、折り紙の献上を続けた佐貫藩主・松平重治が新将軍・綱吉に挑んだ命がけの戦いとは……。大型新人の書き下ろし時代小説。
205465-3

や-50-2
大江戸　女花火師伝
矢的竜
花火の老舗「鍵屋」の女棟梁と戯作者をめざす婿養子に松平定信、馬琴らも絡んだ葛藤が将軍家慶の日光東照宮参拝直前の悲劇を呼ぶ。〈解説〉縄田一男
205496-7